Aurélien Delsaux

REQUIEM POUR LA CLASSE MOYENNE

NOTABILIA

Aurélien Delsaux est représenté par Le Monte-charge culturel
www.montechargeculturel.com

ISBN : 978-2-88250-805-8

Du même auteur

Pour Luky, Notabilia, 2020
Sangliers, Albin Michel, 2017
Madame Diogène, Albin Michel, 2014

Sur l'auteur

Aurélien Delsaux est né en 1981.

Son premier roman, *Madame Diogène*, remarqué par la critique, a été finaliste de plusieurs prix. Son deuxième roman, *Sangliers*, a reçu le prix Révélation de la Société des gens de lettres. *Pour Luky*, paru chez Notabilia en 2020, a été finaliste du prix Eugène-Dabit du roman populiste.

À la famille.

Vas-tu à l'hameçon pêcher le grand dragon ?
Vas-tu l'attraper par la langue avec ta ligne ?

Job, 40, 25

I AM THE RESURRECTION
AND THE LIFE

Les vacances étaient terminées, jusque-là tout s'était bien passé. Je me souviens des chiffres d'alors, je voudrais les saluer : il allait bientôt être dix-huit heures, Blanche, ma femme chérie, somnolait à mon côté, nos deux enfants dormaient à l'arrière, je roulais sur la flambant neuve A89, j'avais quarante-cinq ans, j'avais enregistré sur le régulateur la vitesse maximale autorisée, le tableau de bord annonçait quarante et un degrés à l'extérieur.

Ce que les chiffres mesuraient, le temps et la vitesse, la température ou le prix, j'étais depuis longtemps persuadé de ne pas savoir l'évaluer, de n'être plus capable de le ressentir vraiment. Les chiffres fixaient tout et tenaient tout en respect, ils épinglaient calmement en moi des papillons morts. Ils rendaient la vie saisissable, ils étaient les sigles de mon bonheur.

Je ne vis pas le gris de cendre du gazon sur les aires, ni les branches nues comme en hiver des arbres secs, presque brûlés, je n'entendis aucun appel au secours. Je veillais sur la sécurité et le bonheur des miens, les ramenant au foyer dans notre confortable *familiale*, en qui j'avais toute confiance.

Les objets ne m'avaient jamais trahi. Chacun me faisait croire avec élégance, presque affection, que je méritais ses bons offices. La clim était automatiquement réglée, la ventilation était douce, les vitres teintées nous protégeaient de la lumière et des regards, la puissance du moteur était peu bruyante, je doublais les camping-cars hollandais tranquillement. Si je restais concentré sur ma route, il ne nous arriverait rien.

Nous avions hésité à partir la veille, nous craignions une circulation compliquée. C'était un dimanche *classé orange.* Mais nous n'allions pas renoncer à un jour de vacances, nous profiterions de notre bon temps jusqu'au bout. Par chance, il n'y avait pas eu un seul bouchon. J'avais refait le plein à hauteur de Clermont-Ferrand, j'avais acheté aux enfants un paquet de fraises Tagada. À leur réveil, ils en déchireraient le plastique en éclatant de rire. J'avais aimablement souri à la caissière harassée par ce long, ce si long dernier dimanche et dernier jour du mois d'août.

Tout ce qu'il avait fallu faire, je croyais l'avoir fait.

*

Mentalement, j'aurais dû effectuer plus d'efforts pour rester vigilant. Je me parlais, je ne reconnaissais pas tout à fait ma voix, ce n'étaient pas tout à fait mes paroles. Je me repassais le film de notre séjour en Bretagne, dans la grande villa de mes beaux-parents, face à la baie d'Audierne. Mon beau-père m'y avait conté l'oracle de la situation économique mondiale, il interprétait force données, il en ouvrait froidement les entrailles. Dans ces viscères ternes, il lisait un avenir stable et bon, il lisait le clair et ferme avenir.

Tout tiendra ! l'entendis-je encore jubiler.

Et je me répétai cette prédiction, sans réfréner un sourire que je n'adressai qu'à moi, tendant le cou pour que le rétroviseur me le rendît. En petites vagues, de bons souvenirs clapotaient dans ma tête. J'étais de nouveau dans cette crique charmante que nous avions gagnée en bateau, que nous eûmes pour nous seuls. Les enfants s'amusaient à m'enfouir en son sable et à m'entourer de murailles. Puis je revis la destruction de leur château, le grand trou que mon corps relevé laissa, les vagues abolissant tout. L'océan s'évapora. Les Monts du Lyonnais avaient paru au loin.

Tout tiendra, tout tiendra, marmonnais-je à présent comme un mantra. Nous passions sous un de ces grands panneaux bleu roi, aussi verticaux que des lames de guillotine. Il indiquait des directions qui n'étaient pas la nôtre, bifurquant avant elle, STRASBOURG DIJON SAINT-ÉTIENNE, ou, MARSEILLE MILAN, la dépassant. *Tout tiendra, tout tiendra*, allai-je jusqu'à comiquement chantonner.

Filant sur une portion d'autoroute parfaitement droite, je jetai un œil distrait aux différents symboles allumés sur le tableau de bord. Tous confirmaient le pilotage quasi automatique de mon véhicule.

*

Le soleil ne faiblissait pas. Je savourais un mélange de sérénité et de confiance, dont l'habitacle était plein, et que j'aurais pu essayer de nommer. Depuis la fin de l'adolescence, et jusqu'à ce soir-là, je ne m'étais pas beaucoup attardé sur mes sentiments, je n'avais que rarement ressenti le besoin de leur donner un nom. Je me sentais proche de ces gens qui appellent leur chien *Le chien* ou leur chat *Le chat*, et à qui très souvent on reproche cette négligence. De mes émotions je ne faisais pas *une affaire personnelle*. Je n'étais pas une pierre, je n'aspirais pas à devenir de marbre, des sentiments m'habitaient bel et bien. C'étaient ceux d'un homme normal, dans une vie normale. J'étais triste ou heureux comme tous les gens de ma catégorie pouvaient l'être, ni plus ni moins.

Il n'y avait rien à en dire, rien à dire du tout.

La route était toujours droite et sèche, la voiture semblait voler magiquement à un centimètre de sa surface. Je me redressai sur mon siège. Je humai l'odeur de neuf autour. Le mot *assurance* émergea. Il aurait parfaitement convenu pour me caractériser.

À 20 ans, j'aurais eu bien des raisons personnelles de protester contre l'ordre des choses. À présent, je n'en voyais plus de très sérieuses, je n'en voyais plus aucune de valable. Globalement, les lois invisibles qui régissaient le cosmos, les lois tortueuses que l'humanité s'imposait, tout ça m'allait très bien. Mes besoins étaient comblés et mes désirs, modestes, satisfaits.

Pour ne pas m'endormir, je doublai une Kangoo verte qui se traînait trop sur la voie centrale. *Voici ma vie* – une avancée rapide, contournant en toute sécurité, dans le respect des règles, le moindre obstacle. Je n'avais qu'à continuer à bonne allure ma trajectoire, je n'avais qu'à suivre les indications.

Après dix heures de route, nous arrivions enfin aux abords de Lyon. Je connaissais parfaitement notre fin de parcours. Je laissai néanmoins le GPS me guider encore, j'augmentai légèrement le volume de la radio, la fatigue commençait à se faire sentir davantage. J'avais de désagréables picotements dans la nuque, de violentes envies de bâiller. Ma fille et mon fils, écouteurs sur les oreilles, regardaient chacun leur film sur leur tablette. Blanche, la tête penchée vers sa vitre, gardait en son reflet les yeux fermés.

Le dernier péage franchi, nous entrâmes dans le tunnel, le profond et long tunnel qui passe sous les fleuves. Nous arriverions bientôt rue Saint-Jacques, nous étions presque arrivés – plus que 7 minutes, indiquait la machine. Je n'en comprenais plus l'itinéraire. Les lumières orange, le grésillement de la radio qui ne capte plus, je me les rappelle. Je pensais peut-être à quelque chose de précis en cet instant, quelque chose du proche et calme avenir :

aux valises à défaire, à la rentrée des enfants – ou à un nouveau voyage. Je ne m'en souviens plus.

Je ne vis pas l'écran émettre de flash ni devenir noir, je ne vis pas le tunnel s'éteindre ni s'écrouler, nous n'avons pas plongé dans je ne sais quel gouffre. Je ne me souviens de rien sinon du bleu – de cette moitié de disque bleu, de l'air libre qui nous appelle, de ce morceau de ciel comme une île en vue. De ce bleu là-bas au loin, tout au bout, ce bleu tendre du soir, vers quoi nous allions et de quoi, sans cesse, sans cesse, nous nous rapprochions.

C'est en sortant du tunnel que j'entendis la présentatrice interrompre le programme pour m'annoncer à voix basse la mort de Jean-Jacques Goldman.

La nouvelle tomba en moi, avec ce son mou du galet jeté dans la mare. Dans le silence de la vase, une fois leur obscure retraite atteinte, y remuent des bêtes étranges.

J'éclatai en sanglots, mais doucement, le plus doucement possible, pour ne déranger personne, pour ne pas dévier de ma trajectoire. Je coupai la radio et mon portable.

Le trafic s'était soudain densifié. Tous les phares et tous les lampadaires s'étaient allumés. La nuit et la ville nous avaient avalés.

*

Rue Saint-Jacques on décongela tout de suite une quiche *Tradition*. Une odeur de gras sortit du micro-ondes, on mangea très vite. Je mâchai ma part tiède en y cherchant une consolation. Nous étions arrivés, nous avions encore réussi. Les vacances étaient finies, mais nous étions de retour chez nous, sains et saufs. Personne n'avait forcé la porte de notre appartement, un rapide tour de nos 184 m^2 me donna l'impression que tout était intact, que rien n'avait changé.

Dans un cauchemar qui m'avait autrefois obsédé, je nous voyais rentrer de vacances pour découvrir au sous-sol qu'on avait défoncé la porte de notre garage. Aucun de nos vélos n'y avait été dérobé, on s'était contenté de casser ce grand et vertical rectangle blanc et lisse, on l'avait défoncé, tordu et sali, pour le seul plaisir de nous nuire. Qui avait fait ça, quel était son visage, qu'est-ce que c'était, avait-ce un visage – mon rêve ne le révélait pas.

J'avais, depuis, investi dans un système de sécurité. Ce mauvais songe s'était fait de plus en plus rare. Mais contre les cauchemars on ne vend pas de système de sécurité infaillible.

Ce ne fut qu'une fois Félix et Laetitia couchés, les valises défaites, que je dis à Blanche que Jean-Jacques Goldman était mort, et que *ça me faisait bizarre*. Sa disparition marquait la fin d'une histoire – une histoire liée à mon enfance, à mon milieu d'origine, village et famille, à tous *les miens*.

Je ressentais autre chose que de la tristesse, quelque chose de plus fort, comme on dit d'un alcool.

Elle ne me demanda pas de quoi il était mort, d'ailleurs je n'en savais rien, qu'est-ce que ça changerait. Elle fit juste *C'est vrai*, à moitié comme une question, à moitié comme si elle le savait déjà, comme si elle l'avait toujours su. Elle n'était pas douée pour la consolation, mais qui l'est. Elle posa négligemment une paume sur ma joue, par automatisme, ou par condescendance. Sa paume était douce, ma joue rêche, elle retira très rapidement sa main.

Je haïssais tous ses gestes. Je ne disais rien.

Je m'isolai dans ma pièce – moitié bureau, moitié débarras, je ne lui avais pas assigné de fonction exacte. J'y regardai mon vieux poster. On l'y voyait avec encore beaucoup de cheveux, il jouait sur une guitare électrique bleu et blanc, son profil laissait voir son nez juif, une immense fumée rouge montait derrière lui. J'avais tellement aimé ses chansons, autrefois.

Les autres écoutaient les hits internationaux, mélopées anglaises et rap d'outre-Atlantique : paroles que je ne comprenais pas, rythmes qui ne me correspondaient pas, mélodies qui n'étaient pas les miennes. Les chansons de Goldman, je les avais si souvent passées et repassées dans ma chambre et dans ma tête. J'avais tant aimé quand la radio en diffusait une, les matins ou soirs dans le car du collège, les samedis après-midi à l'Intermarché de Bournay, et aux mariages de mes grands cousins, et à quelques enterrements. J'en savais sûrement encore tous les textes et tous les airs par cœur. Il y avait pourtant longtemps que je ne les chantais plus.

Je ne décrochai pas le poster, ce ne fut pas à ce moment-là que je le déchirai. Je pleurai encore.

Un air funèbre m'avait envahi. Je reconnus le début du requiem anglican de sir Andrew Gardiner, un contemporain de Purcell dont, pour parfaire mon éducation musicale, mon beau-père m'avait offert un disque. *C'est épatant*, m'avait-il vanté. Le terme m'avait paru quelque peu déplacé pour qualifier une œuvre funèbre, mais comment dire la puissance de cette médecine sacrée. *I am the Resurrection and the life*, chantonnai-je aux quatre murs et au plat visage de mon ancien héros, sans y croire. Je me laissai apaiser par la tristesse domptée de cette musique-là. Malgré moi, elle m'accompagnerait dans les jours à venir.

J'essuyai mes joues. Je me concentrai sur demain. Une nouvelle année commencerait.

Blanche allait retrouver ses collègues avocats, et ses clients innocents ou menteurs, et les greffiers, et les juges, et le président du tribunal, et je ne savais qui. Les enfants reprendraient *le chemin de l'école* et reverraient leurs amis. Moi, j'allais retrouver le labo, mes listes de tâches quotidiennes à distribuer, grilles à remplir, dosages et résultats à contrôler, fidèlement. Nous reprendrions tous les quatre notre rythme, nos horaires, nos activités, loin du temps sans stries des vacances.

Nous les regretterions un peu, ces jours libres – mais pas trop, pas longtemps. Le cours normal des choses emporterait dans ses flots tranquilles tout le sable de notre mélancolie.

Dans notre chambre, Blanche avait déjà éteint. Elle était parfaitement immobile. Allongé tout près d'elle, je ne l'entendais pas respirer, j'eus peur qu'elle ne fût morte aussi. Je murmurai *Bonne nuit chérie*, espérant qu'elle me répondît, qu'elle me rassurât. Sans doute était-elle plongée dans la phase profonde du premier sommeil. Je fermai les yeux pour la rejoindre où l'on ne rejoint jamais personne, là où se mène la vie involontaire.

La plupart du temps je dormais du parfait sommeil du juste. Et voici que, très vite, je me réveillai en sursaut.

*

J'errai dans le couloir, hésitai entre le salon et la cuisine, entrouvris avec délicatesse la porte des chambres de Laetitia et de Félix. Je ne voulus pas contempler leur visage, leur visage dormant m'avait toujours fait peur. Je détournai le regard au bel or de la chevelure de ma fille qui débordait son oreiller, je ne vis que la main, la timide main de Félix – puis je regardai nos meubles, toutes les choses, toute la sécurité des choses qui se taisaient dans la nuit.

Je me laissai tomber sur le grand canapé d'angle du salon, j'allumai plusieurs lampes, une à une, pour simuler le début d'un *show*. Les bibelots n'avaient pas bougé, le vernis de tout brillait. Sur une étagère, dans l'émail d'un vase en raku, je vis une forme de boule qui devait être mon visage déformé, ma trouble gueule.

J'admirai longuement les angles parfaitement orthogonaux et l'apparence gris et noir de ces bijoux technologiques qui font toute la beauté de la vie moderne, qui justifient par leur usage comme par leur simple présence la peine qu'on se donne pour les acquérir. Je les chérissais comme de loyaux, de sûrs et fidèles consolateurs. Par le seul commandement de mon désir, grâce à l'efficacité de leurs entrailles électroniques, Jean-Jacques Goldman ne serait pas si mort que ça.

Je caressai la table basse devant moi. Un peu de poussière se colla sur mes phalanges, la poussière qui continue à se déposer partout, tout le temps, même quand l'appartement reste fermé dix jours, même quand nous ne sommes pas là pour la créer en abandonnant toujours d'infimes pellicules de peaux mortes. Plus que de notre propre usure, je la voyais naître de chaque chose, et de l'air, et du temps lui-même – chair de sa chair, émiettée.

Heureusement pour nous, Nadia nous débarrasserait de ces particules bourrées d'acariens. Elle reviendrait jeudi faire le ménage, elle reviendrait chaque jeudi, tous les jeudis, toute l'année, elle n'avait aucune raison de nous abandonner. Elle reviendrait année après année, jusqu'à sa retraite – à moins qu'elle ne meure prématurément. Je ne connaissais pas l'espérance de vie d'une femme de ménage.

Je repris la pile des journaux et magazines, j'aimais qu'elle dessinât – le plus grand format à la base, le plus petit au sommet, le tout bien centré – une petite pyramide aztèque.

Ainsi trouvai-je caché entre *L'Obs* et *Télérama* un prospectus annonçant l'ouverture prochaine d'une salle *StrongPark* à La Part-Dieu.

Sous le slogan *TOUJOURS PLUS FORT*, un jeune blond, en short bleu et marcel immaculé, affichait, un haltère dans chaque main, ses muscles en sueur et son sourire carnassier. Pourquoi Nadia n'avait-elle pas jeté ça tout de suite à la poubelle. Fixant avec mépris l'image de ce Musclor photoshopé, je ne pus m'empêcher de rire, d'un rire presque spectral.

À ton âge, j'avais mieux à faire que de gonfler mes biceps –

D'un seul poing, je roulai en boule ce rectangle de papier glacé.

Derrière une des lampes, des feuilles se découpaient, noires, en contre-jour. Je me levai pour les toucher, pour leur donner une caresse. Elles avaient des formes originales, on aurait dit des œuvres de métal ciselé. La première que j'effleurai se détacha de sa tige pour tomber droit vers le sol. Je passai ma main au-dessus des autres, toutes s'effritèrent. Elles tombèrent en petits morceaux, en tout petits morceaux de cendre noire.

Toutes les plantes étaient mortes de soif. Ce n'était pas moi qui m'occupais de leur arrosage, mais la personne qui le faisait leur avait manqué. Nous avions oublié de demander à Nadia, ou à n'importe qui, de passer les arroser, ne serait-ce qu'une fois en notre absence. C'était idiot et touchant, ce besoin vital et cette négligence humaine.

Je souris à ce nécessaire et fidèle souci que nous, êtres humains, devons à toute plante en pot. Notre nécessité avait sa réciproque, elles manqueraient à la joliesse de notre intérieur. Il faudrait vite en acheter d'autres. J'avais à me débarrasser d'autant plus vite de ces formes rabougries et cramées, de ces tiges cadavériques.

Je cessai de sourire parce que je ne savais pas quoi faire de la terre.

*

Dans les heures lisses de la nuit, quand pour deux ou trois heures la rue se tait parfaitement, les yeux fixés au plâtre du plafond, je vis défiler quelques futiles images de mon enfance calme. Les chansons de Goldman avaient bercé tout le premier tiers de ma vie, au soleil de sa mort ma mémoire en dégelait quelques morceaux.

J'ai revu des jardins. J'ai revu notre petit pré piqué de fruitiers à Saint-Jean-l'Herme, bordant les grands bois des Blaches. J'ai revu le carré tout en fleurs de Bournay, et le petit potager à Sainte-Julie, chez mes grands-parents paternels, maternels. Je disais bonsoir aux arbustes, aux buissons des haies, bonsoir aux fleurs et aux fruits, bonsoir chaque brin, chaque branche, bonsoir la terre et l'herbe, bonsoir bestioles.

Passe alors une petite taupe, je la suis. Elle plonge dans un trou, creuse de plus en plus profond sa galerie. Bientôt ses pattes se fatiguent, ses griffes s'usent. Elle n'arrive plus à poursuivre, elle ne sait plus creuser, elle ne peut plus, ne peut plus. Et soudain c'est moi. Je suis coincé sous la terre, dans quel boyau du temps, mes mains sont couvertes de sang, et j'étouffe –

Je me réveillai encore en sursaut. Qu'est-ce qui m'arrivait. Me semblait avoir entendu un cri sourd, assez proche, de l'autre côté des cloisons ou des vitres, dans une chambre ou sur le balcon. J'ouvris un instant la baie, je retournai voir les enfants. Tout était tranquille dehors, tout dormait dedans.

L'air extérieur m'avait fait frissonner, je rejoignis la tiédeur du lit conjugal.

Une heure avant l'aube, Blanche me réveilla. Elle secouait mes épaules, elle s'était mise à quatre pattes, elle avait enlevé sa chemise de nuit.

La première chose que je vis en ouvrant les yeux dans la pénombre fut le frémissement de ses seins.

D'abord elle ne demanda rien, je me taisais. Nous avions souvent fait l'amour en muets, sans parler ni avant, ni pendant, ni après. Dans ces moments bénis, l'évidence et l'accord de nos désirs suffisaient, commandaient tout.

Durant nos congés, nous avions fait l'amour quatre fois en quinze jours, c'était un bon chiffre, une très bonne moyenne. Qu'une veille de rentrée Blanche voulût encore baiser, à quelques heures de plaider, c'était inespéré, c'était très généreux. Plutôt que de me jeter d'instinct sur ses formes, je cherchai dans le noir, malgré mon envie, une explication rationnelle. Égoïstement, je conclus qu'elle voulait m'arracher au deuil.

Elle me tourna le dos et se mit à murmurer comme une étrange litanie, d'une voix dormante.

Était-ce mon prénom, d'autres prénoms, étaient-ce des ordres, était-elle consciente de ma présence. Savait-elle où elle était, qui nous étions.

Plus distinctement, elle dit *Viens – viens là.*

Je m'approchai d'elle, je la caressai, elle murmura autre chose. Elle reprit son charabia, tandis que j'œuvrais et qu'elle me laissait faire, tandis qu'elle se mettait à remuer, se retourner, m'enrouler de sa peau fraîche. Puis, comme une mère à son petit garçon après qu'il eut confessé une bêtise, mais avec une voix de flamme, elle dit *Ça ne fait rien.*

Ça ne fait rien, ça ne fait rien – répétait-elle en couvrant mon visage de baisers. Et je sentis dans mon oreille le souffle tiède de sa bouche à chaque *rien* qu'elle répétait.

L'excitation me quitta. Le mot *rien* qu'elle avait jeté dans ma tête y avait éclaté comme d'un robinet mal fermé éclatent des gouttes dans l'évier vide. Il éclatait, il éclatait, il ne me lâchait plus. Je dus me défaire de Blanche, je m'en défis aussi délicatement que possible.

Moi sans vigueur, elle continuait sur le dos à se tordre dans le drap, comme un chat s'étire au soleil, comme agonise la souris empoisonnée. Je touchai son front, il était humide – et brûlant d'une fièvre froide.

Je la secouai par les épaules, d'abord avec douceur. Je répétais son nom à voix basse, tel un mot secret connu de moi seul, le seul capable de défaire un mauvais sortilège. Je dus la secouer plus fort, je la redressai, ses yeux entrouverts se refermèrent, sa tête retomba sur sa poitrine, elle poussa un soupir – je crus qu'elle s'en allait. Je crus qu'elle était en train de nous quitter. Tout en répétant fermement son nom, j'en vins à tapoter ses joues, je frappai plus fort, je lui donnai une gifle.

Alors, elle releva la tête et, dans un éclair obscur, me la rendit. Son visage était couvert de ses cheveux défaits. À travers les grosses couleuvres noires de ses mèches luisaient ses yeux soudain grand ouverts.

Elle me donna de violents coups sur le crâne, sur les épaules, dans les côtes, en agitant les mains, sans viser, comme se battent les ivrognes. Elle ne répondait plus seulement à ma gifle, elle passait sur moi sa frustration, son rêve trop vite éteint, elle se vengeait de tout. Quand elle cessa enfin, elle dit :

Qu'est-ce qui t'a pris ?

Je la regardai, ahuri. J'étais prêt à lui expliquer que c'était elle qui avait d'abord voulu – mais voulu quoi, je ne sus quel verbe employer. Je craignais qu'un mot de lui-même n'arrive – qu'un mauvais mot ne s'immisce et nous sépare. Nos phrases nous précipiteraient dans un impossible dialogue, chaque réplique nous éloignerait de plus en plus, tout ça irait trop loin.

Excuse-moi, dis-je.

Puis je sortis du lit, alors que, glissant sous le drap, elle rallongeait son corps nu.

*

Je restai quelques secondes debout à côté de notre couche, pétrifié. Je me sentais stupide, comme si, redevenu puceau, j'avais encore raté ma première fois. Dans une boucle étrange du temps, le garçon trop doux, délicat, presque bégueule que je fus venait de ressusciter. Lui avait de nouveau échappé une occasion sacrée, un moment de pure vérité.

J'avais craint, en imbécile, des reproches, des remords, un procès. J'aurais aimé des règles plus claires – qu'un contrat eût tout régi, qu'un article de loi précisât dans ses moindres détails *le bon comportement*.

J'attendais, inquiet, que Blanche proposât un tour de rattrapage. Mais j'imaginai maintenant qu'elle pourrait se redresser pour ouvrir la porte d'un petit placard caché où dormiraient de secrets jouets. Je l'imaginai réclamant que j'essayasse enfin sur elle ces accessoires étranges, je l'imaginai exigeant qu'enfin je prisse en charge ses plus sombres désirs, pour la conduire à quelque joie interdite, au seuil de je ne sais quel enfer, ou carrément aux rives de la mort.

Dormante ou non, elle resta parfaitement immobile et silencieuse.

Je tremblais à l'idée qu'elle me demandât juste de m'allonger près d'elle, ou que sa voix ensommeillée ne me redît que *Viens.* Afin de ne pas jouer une fois de plus celui qui n'entendait pas, je fis un immense effort et m'extirpai de ma torpeur pour faire un pas, puis un autre, et un autre encore.

Ainsi me retrouvai-je dans la cuisine, à préparer avec plus d'une heure d'avance le petit-déjeuner familial.

I KNOW THAT
MY REDEEMER LIVETH

Le jour montait et la musique de Gardiner faisait briller pour moi seul le triomphe de ses cuivres et la majesté de voix étrangères. Je peinais à ouvrir un pot de confiture de prunes.

Aucune espérance n'habitait ma maison. Je ne croyais plus à aucune promesse, je ne croyais plus en rien, depuis longtemps. Dans l'aube de cette année neuve, j'étais convaincu que là résidait ma force.

*

Les enfants étaient nerveux. Laetitia entrait en terminale, Félix en sixième, une année importante, sinon essentielle, commençait pour eux. Ils ne finirent pas leurs céréales, ils ne voulurent aucun des jus de fruits que je leur proposai d'entamer. Ni pomme, ni banane, ni abricot, ni mangue.

J'aurais aimé que nous ayons un rituel de rentrée auquel nous tenir, des gestes particuliers pour célébrer ce jour spécial, en ce matin pour eux plein d'avenir. J'y avais suppléé par une table surabondante, avec jus, pain grillé, céréales, jambon et fromage, œufs brouillés, fruits variés. Les viennoiseries étaient consacrées à nos dimanches, il y avait là déjà *beaucoup trop*. Jamais nous n'aurions le temps de tout ingurgiter.

À la radio, un chroniqueur listait les défis qui, cet automne-là, attendaient le gouvernement et le président, dans la perspective des élections. Laetitia était devenue une très belle jeune femme, je m'en rendais compte ma tasse de café en main. Le visage de Félix, en comparaison, avait encore toute la grâce innocente de l'enfance.

Pour ne pas laisser la mélancolie me poisser davantage, je me préparai une tartine beurre salé-miel d'acacia.

J'eus peur que Blanche ne me reprochât devant eux, par sous-entendus, ma passivité nocturne. Je préparais ma défense, des répliques occupaient mon esprit.

J'ai coupé notre abonnement au Monde, annonça-t-elle soudain.

Comment était-ce possible. Je crus d'abord qu'elle me parlait du monde réel. À quoi rimait cette étrange punition. Était-ce sa façon de se venger de ma pusillanimité. J'en oubliai ensuite de lui demander les raisons de son choix, de ses choix nouveaux : renoncer aux articles réservés aux abonnés, désirer se faire défoncer dans son sommeil.

Tout, peut-être, depuis l'origine des temps, était fixé dans l'univers – comme la mort de mon chanteur préféré.

Je m'étais parfaitement rasé, mais elle ne m'embrassa pas.

Au labo, l'ordinateur afficha la liste des tâches de notre équipe pour la journée. Je la parcourus négligemment, sans être outre mesure effrayé par sa longueur, persuadé que, comme avant, nous y arriverions.

Les collègues racontaient leurs vacances et je distribuais les premières missions : un *trek* au Népal, des vérifications d'usage, une *full moon party* à Bali, un *safari-pêche* en Écosse, l'administration des doses, des cases électroniques à cocher, un *escape game* à Berlin, tout le protocole à suivre. Une dizaine de *volontaires rémunérés* attendaient déjà, répartis dans les petites salles, torse nu. Les contrôles étaient en cours d'exécution, nous pourrions bientôt procéder aux *petites injections matinales.*

Je commençais mes journées par de rapides consultations, je reprenais les tensions, je vérifiais les analyses sanguines, et puis j'injectais. À la suite de quoi j'ajoutais mon rapport au dossier de chacun, confirmant toujours les résultats auxquels mes collègues étaient parvenus, avant que d'autres confirmassent à leur tour mes remarques. L'après-midi, j'étais chargé, en fonction des dernières conclusions, d'organiser, d'un point de vue strictement matériel, la suite du processus ou les essais suivants.

Ça fonctionnait très bien. Personne ne s'était encore plaint de mon travail.

Dans sa forme, c'était un travail un peu humiliant pour un médecin, une routine d'usine. Nous en étions conscients, nous ne nous disions plus *médecins* depuis longtemps, nous nous disions, au mieux, *fiers de travailler pour le labo.*

D'abord ne pas nuire – comme tous les autres, nous avions juré, et nous n'avions pas vraiment trahi. Les tests auxquels nous procédions avaient pour but que telle nouvelle molécule, tel nouveau remède eût pour un minimum de gens un minimum d'effets secondaires. Que le labo eût été dernièrement racheté par une société chinoise cotée en Bourse ne nous concernait pas, notre train-train n'en contribuait pas moins au progrès de la médecine universelle.

*

En gagnant le couloir, je rallumai mon portable. L'avalanche de notifications se mit à dévaler.

Fut émise une longue série de tintements aigus, un interminable ricanement. Comment paramétrer ça, réduire la machine au silence, lui inculquer du moins un minimum de respect, je n'avais jamais su.

La plupart des messages se voulaient consolants, sans jamais être dénués d'ironie. Nombreux étaient les faux encouragements, les fausses consolations. Il était évident que je n'avais pas un seul ami. Blanche avait des amis, je les avais depuis longtemps adoptés, nous les dénommions nos *amis communs*, mais ce n'étaient pas les miens. Me restaient des *connaissances*, que je connaissais fort peu.

Leurs formules ampoulées laissaient d'autant mieux transparaître leur piquante moquerie. Des cactus artistement emballés de plastique translucide, tels étaient leurs messages. Au prétexte de m'arracher un sourire, on me rappelait le jeune homme que je fus, en n'omettant jamais de mentionner ma voix de crécelle quand jadis j'interprétais ses *tubes*. On disait regretter l'auteur-compositeur dont je fus un fan fervent, tout en le traitant à demi-mot de robinet d'eau tiède. Moi qui avais le sentiment de perdre un grand frère imaginaire, cette ironie me blessait. J'aurais voulu qu'on respectât ma douleur.

Mes parents intitulèrent simplement *CONDOLÉANCES !!!* leur message dont la seule phrase était *On t'embrasse fort !!!*.

Je n'aimais pas ces triples points d'exclamation qui giclaient sur mon écran.

Ils ne s'inquiétèrent pas de savoir si la veille nous étions bien rentrés de Bretagne. Au-dessus de leur signature, ils avaient inséré trois émoticônes – des larmes, une clef de sol, un arc-en-ciel. Je regardai l'alignement de ces trois petites images comme un rébus, longtemps. L'arc-en-ciel n'avait pour moi aucun sens, pourquoi un arc-en-ciel – qui aurait pu m'expliquer ça.

Dans le couloir, derrière moi, les collègues riaient. Il était temps de me mettre au travail.

*

Ça ne va pas faire mal ? me demanda le premier. Il me parut un peu sonné, je consultai dans son dossier d'admission ses résultats d'analyse, jusque-là tout allait bien pour lui. Je pris le temps de le rassurer. Je disais *Ne vous inquiétez pas* ou *Vous êtes entre de bonnes mains*. Je souriais, je prenais un ton un peu jovial.

Sous l'effet du stress, il se mit à me faire des confidences. J'eus droit au récit de sa rencontre avec une certaine Nathalie. C'était à une *convention Star Wars*. Aujourd'hui, elle était *assistante manucure* en CDD. Lui complétait son RSA avec *ce genre de combines* – c'était sa première fois au labo. Je lui demandai de s'allonger, et il continua de parler. Je le prévins que j'allais piquer, il était parti pour me raconter tout, j'enfonçai l'aiguille sous sa peau.

Nos *cobayes* étaient en général des êtres assez *marqués par la vie*. On sentait une certaine lassitude sur leurs visages. Ils n'étaient ni suicidaires ni dépressifs – ceux-là on les écartait d'office. Ils n'étaient pas plus courageux que la moyenne, ils avaient tout simplement besoin d'argent.

Aucun d'eux ne me parut jamais *habillé comme un pauvre*. À notre époque, les gens *de condition modeste* font des efforts pour paraître sous leur meilleur jour, tandis que certains riches s'habillent en friperie ou *se laissent aller* – reconnaître un pauvre n'est plus si simple.

J'ignorais le montant de leur *rémunération* ou de leur *dédommagement* – j'en ignorais aussi le terme officiel.

Eux ne savaient rien du but des recherches effectuées *grâce à eux*. Et nous non plus, au sens où le hasard contribue toujours, de la plus étonnante façon, aux possibles grandes découvertes. En cherchant la formule d'un médicament révolutionnaire contre une forme de chiasse mortelle, on pouvait tout à fait en arriver à produire une pilule contre la chute des cheveux.

Je n'avais jamais eu la mémoire des visages. Je regardai cet homme aux yeux fermés, le sommeil qui montait en lui adoucissait ses traits. Il me devenait moins étranger, il se mettait à ressembler à un de ces visages pleins de confiance et de santé qui rayonnaient dans ma vie. Je refermai doucement la porte.

À la pause déjeuner, je préférai sortir. Il y avait quantité de restaurants dans les rues qui entouraient le labo – chinois, chilien, libanais, angolais, on avait l'embarras du choix. Pour honorer la mémoire de celui qui fut autrefois mon héros personnel et la *personnalité préférée des Français* plus de vingt années consécutives, j'optai pour un petit troquet à l'ancienne, avec une patronne de mauvaise humeur et des serveurs au verbe haut.

Je n'avais pas très faim, je pris un simple jambon-beurre. Je l'abandonnai dès les premières bouchées, les messages continuaient à pleuvoir.

À présent, ils se foutaient tous ouvertement de ma gueule. D'avoir aimé cette célébrité discrète et ses chansons mièvres. Ils me traitaient de *chamallow*, de *bisounours*. Était-ce ma faute si je n'aimais pas le hard-rock, si j'étais né après les punks. J'avais grandi dans ce lent reflux de marée qu'avaient été les années quatre-vingt, qui charrièrent de fréquentes odeurs de vase, mais offrirent aussi, en des instants fugaces, le charme étrange d'un lent crépuscule fluorescent.

Peut-être se vengeaient-ils sur moi de n'avoir aucune idole à pleurer, nulle chanson populaire qui remontât en eux. Bientôt me reviendrait tout un flot d'autres phrases par cœur apprises, devises et refrains, contes et légendes d'un pays disparu. Ceux-là qui moquaient mon ancienne admiration jalousaient ma mémoire. Il m'en restait pourtant si peu.

Cette fois, je les entendis s'esclaffer sans vergogne, comme au cinéma muet on rit d'avance au gag grossier d'une chute énorme. Un incommensurable dégoût m'avait saisi. Je recrachai discrètement un amas de mie beurrée et de cornichon.

Je réglai au comptoir et m'enfuis.

*

Je marchai sans savoir où j'allais. J'étais incapable de retourner travailler, je n'avais envie ni de parler ni de rendre des comptes. Je m'enterrai dans la plus proche station de métro.

Sur le quai, des écrans diffusaient régulièrement des portraits de la star disparue, des extraits de ses chansons, de clips, de concerts, ainsi que les hommages d'autres chanteurs, du président et de ministres, de personnalités et d'anonymes. Rares étaient les gens qui les regardaient, la plupart fixaient leur petit écran personnel. Ils ne partageaient pas ma peine, ils ne la voyaient pas.

Comme s'ils étaient d'un autre pays et d'une autre enfance.

Je jugeai préférable de ne pas monter dans la rame. Je prenais de plus en plus rarement le métro. Je n'étais ni agoraphobe ni raciste – je suis normal. *Je suis parfaitement démocrate et normal*, me répétai-je. J'étais juste prudent.

En vérité, je ne craignais ni un attentat ni une agression. Je craignais plutôt une rencontre, un simple regard. Je craignais que, dans la masse des inconnus, dans notre promiscuité, un de ces étrangers furtivement croisés me regarde, me regarde vraiment. Il y avait peu de risques, ce genre de choses n'arrivait plus guère, me semblait-il, mais je n'aurais su comment réagir. Hors cadre familial et professionnel, je ne savais plus très bien comment entrer en contact avec un être humain.

L'escalator me reconduisit à l'air libre.

*

J'entrai dans un Monoprix pour acheter quelque chose, je ne savais pas encore quoi, quelque chose qui remplit et rassure. Dans le rayon des biscuits et des chocolats, rien ne me faisait très envie. Les photographies sur les emballages avaient tout de *non contractuelles*, qui projetaient en moi des envies boursouflées. Pour plus de sûreté, je me dirigeai au rayon des alcools.

Le choix me parut infini, mais je n'hésitai guère. Aux promesses exotiques de rhums ou de vodkas de supérette, je préférai un traditionnel et sûr champagne.

Sur le trottoir d'en face stationnait une de ces voitures électriques que j'empruntais occasionnellement. J'entrai dans le GPS le nom d'un grand bois où nous étions allés un dimanche *nous promener en famille* – il y avait des années de ça.

Je me retrouvai dans un petit bois, au bord d'une cité tranquille. Ce n'était pas ça, ce n'était pas ça du tout. J'y pris le premier bus qui arriva.

Quand je vis que je quittais les villes, quand je vis la route s'enfoncer dans une vraie forêt, je demandai l'arrêt suivant.

Je fus seul à descendre.

*

J'avançais sous des arbres de plus en plus hauts, mon champagne à la main. J'avais le souffle court, je transpirais. Je m'assis contre le large tronc d'un châtaignier, et, au saut du bouchon, des dizaines d'oiseaux silencieux s'envolèrent. Je buvais d'habitude fort raisonnablement, je ne savais d'où me venait cette brusque envie. Je m'inventais ma petite cérémonie funèbre.

Pour un deuil, d'aucuns auraient cherché quelque chose de moins festif et plus puissant que le champagne. Moi, je ne cherchais pas à assommer mon chagrin, mais, le frottant contre mes os, à raviver ma ferveur oubliée – ma passion d'autrefois pour le futur, pour tout ce qui devait avoir lieu : pour tout ce que j'avais cru voir advenir, pour tout ce que je n'étais pas devenu.

Rien ne se ralluma. Bien sûr, le champagne était tiède. À mi-bouteille, une timide euphorie me gagna, une toute petite fête de la mélancolie.

Me revenaient des images télévisuelles, génériques de dessins animés, reportages du *20 heures*. Dcs murs chutaient, des tours, et mon adolescence gisait entre ces décombres, où l'on nous fit croire que l'histoire était terminée. Finies toutes les histoires, finis tous les problèmes. Ces promesses anciennes éclataient en moi, avec les milliers de bulles qui pétillaient dans ma bouche.

La Terre n'était que l'une de ces bulles, la Terre aussi exploserait.

Buvant au goulot, le cul par terre, la chemise débraillée, je me faisais rire, je me trouvais l'attitude d'un mauvais garçon. Oh, comme j'avais été sage, oh, comme nous étions *bien élevés*.

Les branches au-dessus de ma tête bougeaient en tous sens et se penchaient vers moi. C'étaient des dizaines de bras acclamant je ne savais quoi, venant me battre ou m'emporter dans les airs. Je me relevai en m'appuyant à l'arbre, je ne tenais pas bien debout. Je vidai le reste de la bouteille au pied du tronc pour apaiser la colère imaginaire de cette grande chose vivante.

J'espérais aussi que l'alcool versé désaltérerait mes ancêtres, tous ceux avant moi qui avaient rêvé cette vie que j'avais, de confort et de sécurité. Eux avaient connu le vrai malheur. Je n'avais pas le droit de me plaindre, je n'avais pas le droit d'être triste. Je ne pouvais pas les décevoir, je ne pouvais pas perdre. Je n'étais pas un perdant.

Dans l'ivresse, m'agrippant à l'écorce rugueuse, je répétai comme une formule magique, un sésame qui garderait fermé le gouffre, *Je ne suis pas un perdant*, *Je ne suis pas un perdant*. Puis je levai les yeux aux mille trouées bleues dans la ramée, la clarté violente m'éblouit.

Je lâchai la bouteille vide. Je me laissai retomber avec elle – je cédais avec volupté à l'attraction terrestre, j'acquiesçais à tout. Je m'entendis rire.

Je dormis sur les premières feuilles mortes et la terre par moi mouillée.

Revenu dans Lyon, le jour abdiquait doucement, sa lumière ne glisserait bientôt plus qu'à hauteur d'homme. Effrayé, je ne voulus pas regarder l'heure.

Je retrouvai la place exacte où j'avais emprunté la voiture. Elle était restée libre, elle l'avait attendue. Quelle chance. J'avais sûrement moi aussi ma place, loin des sarcasmes et des doutes, loin de l'inquiétude et de la peine.

Arrivé au labo, je passai d'abord aux toilettes, j'arrosai mon visage d'eau froide et bus au robinet. Je séchai mes mains sous la soufflerie et les ultraviolets. Au miroir, les gouttes dessinaient sur ma face une constellation de larmes. Mon reflet les écrasa soigneusement, il effaça toute trace de mon désordre.

Mes plus proches collègues étaient partis. Je voulus *voir vite fait* notre directrice pour expliquer mon absence, je croisai sa secrétaire qui m'apprit qu'elle avait *sauté dans un Ouigo* pour se rendre à *un rendez-vous super important avec la ministre.*

Dans mon bureau, quelqu'un avait collé sur ma tablette un post-it marqué d'un numéro de dossier et de la mention *URGENT !* en rouge. En plus de n'avoir pas accompli toutes mes tâches quotidiennes, j'avais donc omis de transmettre d'importants résultats. J'avais un vrai rôle à jouer, il ne fallait pas l'oublier.

Je me sentis vaguement coupable – de mon étonnante tristesse, de mon échappée sylvestre. Mais tout était encore réparable. Je rapporterais la tablette chez nous, je compléterais le dossier dans la soirée. Ce n'était certainement qu'une dizaine de chiffres à inscrire dans un tableur.

Par conscience professionnelle, j'allai rendre visite au monsieur de ce matin, que j'avais senti bien anxieux. S'il s'était trouvé mal, il resterait en observation pour la nuit. Malgré l'heure tardive, mon badge ouvrit sans difficulté l'accès au couloir. J'entendais tousser dans plusieurs chambres, mais quand j'entrai dans la sienne, le lit avait été refait, il n'y avait plus personne. Tout s'était une fois de plus bien passé, le monsieur était tranquillement rentré chez lui, ne me restait plus qu'à faire de même.

*

Lorsque, selon notre petite tradition, je toquai à notre porte, personne ne vint m'ouvrir. Je dus fouiller tout au fond de mon sac pour retrouver mes clefs. *C'est moi*, dis-je en entrant. Personne ne se manifesta, c'était curieux, il devait être près de vingt heures. Des doutes absurdes me piquaient. Était-ce la bonne porte, était-ce le bon immeuble. Étais-je la bonne personne, au bon endroit. Ayant reconnu notre range-chaussures blanc à quatre casiers, je m'avançai.

La cuisine était allumée, aucun son n'en sortait. Je m'avançai encore, comme un insecte que l'irrémédiable lumière attire.

Laetitia et Félix étaient assis en face de leur mère, ils avaient tous trois le visage fermé. À une autre époque, j'aurais d'abord imaginé quelque farce en préparation, quelque joyeux complot pour me faire une surprise. Ce soir-là, j'eus immédiatement peur de ce qui avait pu se produire – que leur rentrée ne se fût mal passée, que Blanche ne fût gravement malade, que quelqu'un d'autre ne fût mort.

Plus encore, j'eus peur qu'ils ne m'interrogent, qu'ils veuillent connaître ma journée, que ma tristesse se montre. Ils avaient des têtes d'implacables procureurs, qu'aurais-je pu leur raconter. Il était hors de question d'avouer mon ivresse, et tout mon malaise. J'étais encore attaché à mon honneur, à ma dignité, j'étais encore pour eux un époux et un père.

Je me tenais suant et silencieux dans ma propre maison, la vérité m'y gênait. J'aurais aimé avoir en cet instant précis le pouvoir d'abolir ce jour. Qu'on en revînt au petit-déjeuner, à la fin de la nuit, qu'on recommence, qu'on recommence tout.

Le plus probable était que Félix ou Laetitia venait, sans m'avoir attendu, de *partager quelque chose d'important*, voire de *lourd.* Laetitia avait peut-être annoncé à sa mère qu'elle était enceinte, ou vegan, ou lesbienne. Peut-être Félix s'était-il battu, peut-être s'était-il fait racketter, peut-être avait-il insulté un prof. À moins que l'un et l'autre n'eussent encore réclamé un nouveau téléphone. Le dernier iPhone était beaucoup trop cher et l'avortement, la seule solution. Je n'étais pas homophobe et pourrais me passer de rôti et de cantal. Nous porterions plainte ou écririons une lettre d'excuse.

Tout va bien ? demandai-je dans un grand sourire.

Blanche dit aux enfants d'aller dans leur chambre. Ils se levèrent aussitôt, et Laetitia se colla contre moi, tendrement. Je ne voulais pas qu'elle sentît trop ma transpiration ni mon chagrin, alors je la repoussai doucement et doucement lui dis *Obéis à maman, ma chérie.*

Je m'assis face à Blanche.

Tout va bien ? redemandai-je en vain.

Blanche ne savait vraisemblablement pas comment commencer. Le mot *cancer* clignotait en moi. J'aurais voulu lui prendre la main, mais elle gardait les siennes sous la table.

Elle prit une grande inspiration. Je crus qu'elle allait me quitter, réclamer *une pause* en m'annonçant qu'elle avait *rencontré quelqu'un* –, et je me blâmais déjà de n'avoir *pas vu le coup venir.* Mais elle dit, tout à trac, *J'ai très peur, j'ai besoin d'être protégée, alors j'ai pris un chien.*

Quelle race ? m'inquiétai-je sans comprendre.

Chaque fois qu'elle se rendait à son cabinet ou au palais de justice, chaque fois qu'elle allait de l'un à l'autre, chaque fois qu'elle revenait de l'un ou de l'autre, Blanche se sentait suivie. Elle insista pour préciser qu'elle n'était *pas folle, pas folle du tout.*

Qu'il fît clair ou sombre, elle n'avait jamais rien vu. Elle m'avoua s'être retournée plusieurs fois. Elle n'avait jamais réussi à *les surprendre sur le fait.* Ils parvenaient chaque fois à s'échapper, à se cacher. Elle n'apercevait que de grandes ombres, qui glissaient loin d'elle.

Elle n'était pas dupe : dès qu'elle reprenait sa marche, elle le savait, ils revenaient aussitôt pour continuer de la suivre.

Mais qui ? demandai-je.

Elle s'énerva, elle n'en savait rien. D'anciens clients, des tueurs à gages pour le compte d'anciens clients, des violeurs, des voyous, la racaille, n'importe qui – *qu'est-ce que ça changeait.* Tout ce qu'elle savait d'eux, c'est qu'ils la suivaient, et qu'ils lui voulaient du mal, et qu'ils voulaient sa peau. Ils attendaient qu'un jour elle tombe, qu'elle fatigue, qu'elle se prenne les pieds dans la saillie d'un pavé, une canette, un mouchoir, n'importe quoi. Sitôt qu'elle trébucherait, ils se jetteraient sur elle.

Ça durait depuis trop longtemps. Ça l'épuisait. Eux, ils étaient patients.

Je ne voulus pas mettre en doute ses propos. Je me demandais juste dans quel monde j'arrivais tout à coup – dans quel monde nous venions de tomber. Quel monde avait lieu dans la tête de Blanche, où chaque jour des ombres la pourchassaient.

Mais pourquoi tu m'en as pas parlé plus tôt ?

Elle soupira. Puis continua comme si je n'avais rien dit.

Elle avait déjà mis en place *plusieurs stratégies*. Elle marchait en gardant son téléphone à la main, elle faisait parfois semblant d'appeler quelqu'un. Elle avait acheté un spray de gaz lacrymo. La peur était demeurée la même.

Elle avait pensé à rentrer en taxi, mais ça finirait par coûter trop cher. Il était surtout hors de question qu'elle s'interdît de marcher librement dans la rue.

Ma chérie, pourquoi tu m'as rien dit ? insistai-je.

Elle avait préféré en parler à un spécialiste. Il l'avait beaucoup aidée, elle allait suivre un traitement.

Mais en plus des médicaments, que j'approuvai, le psy lui avait conseillé une présence rassurante, par exemple celle d'un chien. Elle avait écouté son psy, elle avait pris un chien.

Toi, tu ne te rends jamais compte, tu ne te rends compte de rien –

J'allais protester, mais c'était peut-être vrai. Je n'étais qu'un homme, après tout.

Le chien faisait donc partie intégrante du traitement. Elle finit par préciser qu'il s'agissait d'un *rottweiler.* Elle commença de m'expliquer tous les détails pratiques, mais je l'interrompis.

Comment tu vas l'appeler ?

Il avait déjà un nom, il s'appelait Martin. C'était un grand chien noir. Le vétérinaire lui donnait sept ans. Il avait certainement été battu par ses anciens maîtres. Elle le trouvait *très câlin.*

Elle se mit à parler plus lentement, comme si elle s'adressait maintenant à un enfant, comme si j'étais devenu débile. Il faudrait qu'elle passe la nuit auprès de lui. *Cette nuit.* Et peut-être une ou deux autres. Elle s'excusa de me prévenir à la dernière minute.

J'ai pas trouvé le courage avant –

C'était au *Foyer Canin*, où il résidait. C'était pour qu'il s'habitue à elle. Il y avait une chambre prévue à cet effet. On libérerait Martin de sa cage. Elle et lui dormiraient ensemble. C'était pour qu'il s'habitue à son odeur. C'était important.

D'accord, ponctuai-je, espérant qu'elle s'arrêterait.

Martin y serait gardé toutes les autres nuits, nourri, soigné. Blanche n'aurait qu'à y aller matin et soir pour le prendre et le rendre, ce n'était pas loin. Elle avait trouvé quelqu'un pour s'en occuper pendant son travail. Elle passerait peut-être avec lui à l'appartement, occasionnellement, brièvement, pour qu'on puisse le voir, lui dire bonjour.

Martin ne laisserait ni poil ni odeur.

Ça ne changera rien, m'assura Blanche.

*

La tentation fut forte, en cet instant inconfortable, de dégainer mon téléphone pour le consulter. Non pour qu'il me renseignât sur les caractéristiques précises d'un rottweiler – poids, taille, dentition – mais pour être avalé, noyé dans les milliards de milliards de données, caché parmi les innombrables nombres.

Je me forçai à relever la tête pour regarder Blanche dans les yeux. Je cherchais une preuve que notre échange était bien réel.

Elle secouait à présent la tête, ses yeux luisaient de souffrance, elle luttait contre une profonde panique.

J'ai vraiment besoin de lui, tu comprends ?

Mon regard mesurait malgré moi la table entre nous, prenant acte d'une nouvelle géométrie où chaque millimètre valait des années et des mondes. *Bien sûr, bien sûr*, m'entendis-je dire. Sans le vouloir, j'avais détourné le visage, incapable de la voir pleurer, envahi moi-même, encore, par une tristesse sans nom.

Je repensai à la nuit précédente, je me sentis coupable. J'aurais dû peut-être, en cet instant précis, me mettre à ses pieds, demander pardon.

Derrière la vitre, des lumières dans la nuit me rappelaient que la vie se poursuivait ailleurs, dans des univers parallèles.

Elle, elle ne me regardait plus. Elle scrutait les carreaux blancs de la cuisine, et sur eux son blanchâtre reflet – ou derrière eux, par-delà la cloison, un autre appartement, une autre cité, un tout autre espace. *Une nuit ou deux et c'est tout*, insista-t-elle pour me consoler. Juste le temps que Martin l'apprivoise.

J'ai vraiment besoin de lui, j'ai tellement peur –

Il n'y a aucun problème – dis-je pour l'apaiser.

Alors, un long temps, elle se tut. Je me taisais. Je sentis des vibrations me parcourir, ses jambes tremblaient sous la table. *J'ai rien dit pendant nos vacances pour rien gâcher – Je voulais me donner une dernière chance*, se justifiait-elle en regardant à son tour par la vitre, parlant à la nuit plus qu'à cet homme en face d'elle.

Elle avait effectivement très peu parlé pendant nos vacances – ils s'étaient très peu parlé, son homme et elle. Nous ne nous parlions plus beaucoup, mais depuis quand, je n'aurais su dire. Ça ne m'avait pas gêné.

Après une brève pause, le temps d'un soupir, elle me regarda avec un reste d'orgueil en disant *Ce n'est pas toi, tu n'as rien fait*, et enfin, franchement, pleura. D'une voix tremblante, capricieuse, cassée, elle répétait *Ce n'est pas toi – Ce n'est pas toi.* Elle se leva. Elle titubait.

Je sais, dis-je tout à fait mécaniquement. Mon visage put encore mentir. Qu'est-ce que je pouvais faire d'autre.

Aucun problème, redis-je, *ne t'en fais pas.*

Elle eut un sourire pénible à voir. *Tu es parfait*, me félicita-t-elle à travers ses sanglots. Elle se sentait si soulagée, elle essuyait ses joues, *elle avait toujours su que je la comprendrais.*

C'était très gentil et très faux. Ce n'était que politesse amère.

J'avais grand-peine à imaginer que du fond de son angoisse, que je n'avais pas été fichu de diagnostiquer, elle pût estimer encore son médecin de mari. Je n'avais rien vu du mal qui avait fondu sur elle – rien. S'il restait encore en elle un soupçon d'estime pour moi, c'était comme la dernière goutte de lait qu'on n'arrive pas à évacuer de la bouteille, et qui reste accrochée à l'intérieur, quoi qu'on y fasse.

Vite elle était allée dans la chambre des enfants, je les entendis embrasser leur mère calmement, banalement, elle prit un sac à dos et un sac de couchage, ses affaires étaient déjà prêtes. Je n'avais pas bougé, j'étais prostré dans la cuisine. Dans l'encadrement de la porte, elle demanda :

Ça t'embête si ce soir je prends la voiture ?

Pas du tout. Je n'ai besoin de rien, précisai-je.

Elle me sourit encore. En moi éclosaient des insultes, que je piétinais comme des larves avant qu'elles grossissent et muent. J'en avais honte. Puis je m'effrayai à imaginer le beau visage de Blanche troué de morsures dans son sommeil. Je m'approchai pour lui dire *À demain*. Elle n'avait pas appelé l'ascenseur. Vive comme une étudiante, pressée comme si elle fuyait, elle descendait déjà l'escalier.

Ce n'est qu'au rythme de son pas rapide et sûr que je mesurai à quel point elle avait depuis longtemps tout planifié. *Oui*, dis-je à voix haute. Depuis longtemps, ça n'allait plus, quelque chose était foutu depuis longtemps. *Oui, oui, oui* – redis-je.

Et ce triple acquiescement me fit l'effet de trois coups nets frappés par hasard à quelque mauvaise porte.

Ça ne servait à rien de lui courir après, je ne pouvais compter que sur le temps, sur ma patience et l'effet de son traitement. Il fallait que je résiste à la douleur, que je ne cède pas à l'idée que c'était foutu pour toujours.

*

Le calme apparent qui suivit son départ me soulagea presque. J'étais, chose affreuse, fier d'avoir géré en adulte cette situation absurde – en *adulte responsable*. Je ne cédais à la peur qu'à l'intérieur de mes entrailles. Je le sentis à quelques points brûlants de glace, où mes viscères se pressaient les uns contre les autres, comme si tout à l'intérieur de moi se contractait avant d'imploser. Je me mis à préparer un *petit dîner sympa* pour les enfants.

Ils n'eurent pas très faim, ils n'avaient pas beaucoup envie de parler. Notre bref repas ne me parut pourtant pas silencieux, en mon esprit une myriade de paroles du passé battaient des ailes, virevoltaient dans le ciel comprimé de mon crâne. Telles des nuées d'étourneaux, ça dessinait des formes étranges, mobiles, changeantes.

Pour tenter d'échapper à ce spectacle bruyant, j'adressai de petits sourires à Laetitia, à Félix, à leurs visages muets, impassibles, indifférents – sans leur poser de questions, afin de ne pas les embêter.

Je voulais que les choses continuent à se bien passer entre nous. Je craignais un futur plein de cris.

Nous décidâmes de nous coucher tôt pour *être en forme demain.*

*

Tu vas plus regarder s'il y a un monstre sous mon lit, maintenant ? me demanda Félix quand je lui souhaitai bonne nuit.

J'essayai de lui sourire, je lui caressai les cheveux. Il grimaça, détourna la tête. Je ne le rassurai pas en lui disant que les monstres n'existaient pas : je le rassurai en reconnaissant qu'il était devenu grand, qu'il n'avait plus besoin de moi ni de personne pour regarder sous son lit le soir. Je me sentis forcé d'ajouter que *je serais toujours là.*

Je le lui dis en le regardant dans les yeux, et vraiment j'y crus – que, quoi qu'il arrivât, je serais toujours là. Il ne demanda pas à m'embrasser, il ne réclama pas non plus que je lui donne un bisou.

Bonsoir, mon grand –

Ouais, bonsoir.

Il n'avait pas envie de lire. Je m'éloignai, éteignis, refermai sa porte – sans me douter de rien.

Je me couchai avec appréhension. C'était la première fois que j'allais dormir seul depuis presque vingt ans. Je craignais un autre mauvais rêve : celui où me faut courir pour fuir un invisible danger, mais où mes jambes, molles ou pétrifiées selon les versions, refusent d'avancer. Me poursuit une chose énorme qui veut me dévorer, et je ne peux rien faire.

Il faut avancer, il faut avancer – me berçai-je en sentant le sommeil m'engloutir enfin.

Mon téléphone indiquait 2 h 38 quand je l'attrapai sur ma table de nuit. Le grand lit me parut aussi vide que si je n'y étais déjà plus.

J'eus brusquement envie de m'en prendre à l'oreiller de Blanche, de lui donner de furieux coups de poing. Mieux valait m'extirper de notre couette et de notre chambre.

Au salon, j'allumai toutes les lampes en espérant y voir clair en moi. Je ressentis une sorte d'ivresse figée. Je ne me souvenais plus vraiment qui j'étais, j'attendais que les objets rassurants me répondissent.

Un à un, ils me rappelèrent à voix tiède qu'ils étaient miens, puis, tandis que je laissais couler en eux comme en des moules mon âme ectoplasmique, qu'ils étaient moi. Mon cœur mollissait et s'ajustait à leurs formes. Je devenais immobile et froid, semblable à eux.

L'immeuble face à nous, face aux choses et moi, était noir, et je jouais à faire des paris avec moi-même, tentant de deviner quel appartement s'éclairerait à tel moment de la nuit, quelle figure géométrique dessineraient les différentes fenêtres allumées vers six heures, six heures trente.

J'espérais secrètement qu'elles le seraient rapidement toutes, que chacun quitterait la nuit et reprendrait sa tâche. Le monde reviendrait, nous aurions quelque chose à faire, tous ensemble.

Je me souviens d'un triangle assez laid, d'une croix, puis d'un grand carré.

Depuis notre canapé, enfin rendormi, je reçus de Laetitia un bisou sur ma joue grise, quand son frère et elle partirent *faire leur journée*.

Loué soit ce nouveau jour.

WE BROUGHT NOTHING
INTO THIS WORLD AND IT IS CERTAIN
WE CAN CARRY NOTHING OUT

La matinée fut courte et calme. Personne ne me demanda rien sur mon absence de la veille ni sur mon retard du jour. Je n'avais pas oublié ma tablette, et je m'occupai du dossier urgent, que je n'avais pas même consulté. Ce n'était pas grand-chose, les chiffres d'un collègue à comparer aux miens, une note analytique à rédiger, ce fut vite fait.

Dans les dernières données enregistrées, je vérifiai si tout s'était vraiment bien passé avec le monsieur inquiet. C'était bien le cas. Nous nous retrouverions la semaine suivante, comme prévu. Quelque chose clochait cependant dans l'atmosphère. Une main invisible me retenait d'agir avec aisance, une paume pressait ma poitrine, prête à m'éjecter.

Bien sûr, je ruminais. Je me demandais comment s'était passée la nuit de Blanche. Avait-elle dormi par terre, avait-elle eu froid. Martin s'était-il tenu tranquille, avait-il aboyé sans cesse. Combien de nuits passerais-je seul encore – j'exigeais un chiffre, immédiatement, et que ce chiffre fût zéro. Mais la plus impérieuse de toutes mes questions était *Parviendrions-nous, Blanche et moi, à conduire dans un avenir proche une conversation saine.*

Au déjeuner, les collègues se racontèrent leurs séries préférées. Je m'étais installé à une table de huit, où six collègues étaient assis déjà. *Sept est un bon chiffre*, ne pus-je m'empêcher de songer, comme si la numérologie devait guider mes choix, comme si j'avais désormais un besoin de signe ou de porte-bonheur.

Personnel médical et *administratifs*, nous nous mélangions. Je connaissais tous mes commensaux de vue, bien que je fusse incapable d'associer un prénom à chaque visage. Il y avait un couple embauché voilà deux ans, des laborantins à qui j'avais dû demander, juste après leur arrivée, de revérifier un taux de triglycérides qui me semblait avoir anormalement augmenté. Je les appelais *le jeune couple*, alors qu'ils n'étaient pas si jeunes que ça, et qu'ils ne formaient peut-être pas réellement un couple. Je les voyais toujours ensemble, ils me paraissaient proches, voire complices. Ça pouvait être une coïncidence.

J'eus soif. Près du pichet, un homme parlait de la dernière saison des *Soprano*. Je voulus m'épargner le ridicule de lui redemander son prénom.

Soprano, de l'eau, s'il te plaît –

Ça les fit rire. J'aurais voulu recommencer avec quelqu'un d'autre, interpeller pareillement *Dexter* ou *The Crown*, mais j'avais assez de pain, assez de sauce, j'avais tout ce qu'il me fallait.

Ayant attiré leur attention, ils me demandèrent quelles séries je regardais.

Aucune, dis-je. Il y eut quelques rires graveleux après que quelqu'un se fut demandé à voix haute à quoi donc ma femme et moi pouvions bien occuper nos soirées. Malgré moi, je rougis.

Je baissai la tête dans mon assiette de truite aux lentilles. J'étais rouge de honte à l'idée que Blanche m'avait hier abandonné pour passer la nuit avec un chien. J'aurais été mortifié qu'une seule des personnes attablées le sût. Il fallait dire quelque chose.

Je lis. On sort.

La vérité était que je lisais de moins en moins, que nous ne sortions plus beaucoup – presque pas. En semaine, s'il arrivait que nous passions une soirée ensemble, c'était pour regarder un film, souvent un DVD que Blanche avait emprunté à la médiathèque. Mais la plupart du temps, j'étais seul dans le canapé, j'y regardais des bandes-annonces et des *tutos* de bricolage.

Nous n'allions plus au cinéma, je ne bricolais pas, mais j'aimais regarder des promesses d'histoire et de construction, des gens agir, s'émouvoir, réparer et fabriquer toutes sortes de choses. Ils construisaient de A à Z un poulailler en bois de récup, ils se battaient pour la vérité. Ils faisaient tout exploser, ils remettaient d'équerre la porte d'un buffet, ils luttaient contre le crime, sauvaient le monde. Ces images d'un univers où tout était prévu et réparable faisaient filer le temps. Ainsi venait l'heure de se coucher, de rejoindre ou d'attendre Blanche en notre lit.

À table, la conversation avait continué, et quand je les regardai de nouveau, la femme du *jeune couple* m'adressa un petit sourire. Je ne parvins pas à y répondre, mon visage resta impassible. Il put paraître froid, méchant. Je pensais trop à Blanche et Martin. Je n'y pouvais rien.

Je terminai mon plateau comme si je mangeais seul, comme s'il n'y avait plus personne autour de moi.

*

Vers trois heures, une collègue vint à mon bureau me demander *si j'avais su pour Jean*. Je n'osai pas lui demander en retour qui était Jean, je secouai juste la tête, très vite, pour bien montrer que je ne savais rien.

Il part.

Où ça ?

Ils lui ont demandé de partir.

Qui ça ?

De son doigt, elle désigna le plafond et sortit.

Je me remis à fixer mon écran, à planifier la matinée du lendemain – sans savoir si je devais déjà exclure Jean du planning ou non. Alors je préparai deux tableaux. J'avais assez de problèmes comme ça.

Quittant mon bureau, je croisai un collègue moustachu entouré par d'autres qui posaient leurs mains sur son épaule, tenaient son bras. *Ça va aller, ça va aller*, entendis-je, sans savoir si c'était une question inquiète des uns ou une affirmation rassurante de celui qui pouvait être Jean – bien que je l'eusse imaginé avec des lunettes, et que cet homme n'en portât pas. Pour ne pas faire de gaffe, je passai dans le couloir en ne disant que *Bonsoir à tous*.

Personne ne me répondit.

En rentrant chez moi, je réfléchissais à ce qui ne m'avait jusque-là semblé être ni défaut ni tare, mais que j'étais aujourd'hui bien obligé d'admettre comme un handicap. Je n'avais jamais été physionomiste. Mon incapacité à *reconnaître les gens* avait pu passer, quand j'étais plus jeune, pour une charmante désinvolture, la distraction poétique d'un amoureux des sciences. Elle devenait, avec l'âge et ma position, un affreux malentendu à l'égard de mes semblables. On me projetait dans le camp des personnages *manquant d'humanité*.

Je ne me désintéressais pourtant de personne, je n'éprouvais aucun mépris pour la race humaine, j'étais même prêt à proclamer en place publique mon amour de l'humanité.

J'avais, il est vrai, fait trop peu d'efforts. Je m'étais éloigné, malgré moi. Je me jurai d'y remédier dans les jours prochains.

Parvenu au bout de l'avenue Jean-Jaurès, m'engageant sur l'avenue Maréchal-de-Saxe, je dus me réfugier avec quelques passants à l'entrée d'une rue perpendiculaire. En face, à quelques mètres, l'ambiance était à l'émeute. De grosses poubelles barraient le trottoir, des lycéens bloquaient les hautes portes du lycée Ampère. Devant eux patientaient des CRS, qui avaient bloqué l'avenue.

Je comptai à peine une quinzaine de jeunes gens, lançant de longs slogans inaudibles. Quelques garçons portaient des sortes de jupes. Un jeune homme à béret jouait de la guitare sous le martèlement d'une poêle à frire et de sifflets andins. Une fille secouait mollement devant son ventre un bout de carton où figurait un dessin indiscernable. Une autre balançait dans ses bras des rameaux de je ne savais quoi, arrachés je ne savais où. Du visage qu'ils masquaient débordait une crinière blonde. Le crâne ras, une autre encore, nous ayant aperçus, agita un grand drap blanc où je ne lus rien.

Un CRS s'avança vers ce carnaval, et la bruyante jeunesse se mit à taper des mains. Les seuls mots que je distinguai étaient contenus dans ce cri répété en cadence de *Sauvez tout ! Sauvez tout !*. Ils le crièrent dans notre direction, ils le crièrent pour moi – comme si je pouvais quoi que ce fût pour eux.

Blanche avait bien fait de me convaincre d'inscrire Laetitia chez les maristes. Ce n'était pas chez ces bons pères qu'un tel tohu-bohu aurait été toléré, qui plus est au lendemain de la rentrée. Je leur glissai un sourire niais, avec une vraie bienveillance. J'excusais sans peine ce joyeux élan de générosité désordonnée.

Des projectiles avaient atterri à leurs pieds. Aussitôt, sur eux un brouillard de lacrymo monta. Ne m'en parvenaient que des effluves atténués. Ils s'agitèrent, gueulèrent, toussèrent. Ils seraient bientôt tous engloutis, tous disparaissaient dans ce brouillard soudain.

Des CRS jaillirent.

Ma propension au romantisme estudiantin s'arrêtait là. Pour ne pas déranger la suite de l'intervention, j'étais décidé à faire demi-tour. Mais la charge ayant commencé sous mon nez, je restai, comme à un spectacle de rue, pour assister au dénouement de la farce.

*

Ses collègues rangés en deux lignes infranchissables, un CRS avait pénétré la brume.

Je n'entendis rien – ni coup sourd, ni cri de douleur, ni hurlement d'effroi.

Soudain, déchirant la nuée blanche, reparut l'homme en uniforme, casqué et botté de noir, le visage masqué par les reflets de sa visière, sa matraque dans un poing. De l'autre il agrippait par le col une adolescente inerte, bouche ouverte, les yeux clos. Une étoile rouge marquait ses cheveux blonds.

Un ancien tressaillement se fit en moi.

Quand ils étaient petits, un point sous le plexus me remuait, par réflexe, à chaque chute. Chaque fois que je les voyais courir, sitôt que j'imaginais qu'ils pussent tomber, ce fut le même mouvement, infime et vif au centre de la poitrine. La sensation me devint plus rare quand ils eurent grandi. Ils avaient moins de raisons de se casser la figure.

Elle m'était parfois revenue quand j'imaginais l'un d'eux victime d'un horrible et banal accident, une de ces tragédies quotidiennes dont le monde est plein. Mais ce fut rare, je nous estimais protégés, nous avions tout fait pour l'être.

Le retour de cette violente tendresse, pour une enfant qui n'était pas la mienne, m'inquiéta. J'attendis.

J'attendis que la jeune fille ouvrît les yeux et qu'enfin une voix rassurante me répétât *Ce n'est pas ta fille*, *Ce n'est pas ta fille*. J'attendais en tremblant, avec la peur de vomir, dans la crainte de voir le gris lactescent et spongieux de sa cervelle – la matière épaisse de ses jeunes pensées, et de quels rêves, et de déjà combien de chiffres et de secrets.

Mais de sa plaie ne s'écoulait que le sang. Sa blessure semblait grossir, dévorer toute la tête – cette lave dégoulinait en s'assombrissant, le feu tranquille de sa chevelure s'éteignait.

Je fermai les yeux, détournai le visage. Je n'aurais jamais dû voir ça.

Quand, ayant fait demi-tour, je les rouvris, la faible et morne lumière partout les blessait.

*

À peine plus loin, je m'arrêtai pour, paupières closes, masser mes globes oculaires. Ainsi luttais-je, au premier signe, contre les migraines ophtalmiques, qui souvent suivaient un excès de vin blanc ou une contrariété mal digérée. Les soudaines variations de pression atmosphérique me jouaient aussi des tours. J'accusai le champagne de la veille, mais soupçonnai aussi une dépression de se former au-dessus de nos têtes. L'automne ne tarderait plus.

Je réclamais le calme crépuscule comme un assoiffé de l'eau.

Je sentis peu à peu ma douleur s'atténuer. J'étais si bien les yeux fermés. Je calmais du bout des doigts mes yeux à peine moins durs que des billes de fer. Je ralentissais ma respiration, je profitais du calme relatif qui revenait à l'intérieur de moi.

Je n'étais pas tout à fait certain d'être assez loin de l'émeute. Je ne l'entendais plus, mais je n'entendais pas non plus la rue, la ville. Il ne faudrait pas que les forces de l'ordre me confondissent avec un manifestant, je ne pouvais pas prendre ce risque. Ce serait trop bête, et si injuste.

Je relevai mes paupières.

Un petit rire nerveux me prit. Tout était redevenu aussi tranquille devant moi qu'en mon esprit. Je sentais tout le ridicule de mes craintes. Ma douleur avait presque disparu. Tout était rentré dans l'ordre.

Je me remis en route. Je marchais très rapidement.

J'arrivai en nage devant notre immeuble. Dans l'ascenseur je tentai de reprendre mon souffle, je m'épongeai le visage.

Chez nous, personne ne m'attendait. Dans la cuisine, je découvris un post-it de Blanche :

je suis passée avec Martin
tout se passe bien
demain je passerai un peu plus tard

Je trouvais curieuse la désinvolture avec laquelle elle m'annonçait sans ponctuation que ce soir non plus nous ne dormirions pas ensemble. Quant à cette triple répétition, au passé, au présent, au futur, du même verbe, elle m'agaça d'une façon tout à fait déraisonnable. Ce petit carré jaune était une mauvaise tentative poétique et un mauvais présage, un haïku raté et une insulte.

Je roulai en boule le post-it et, au lieu de le mettre dans la poubelle, le jetai par la fenêtre.

Une femme était en bas dans la cour, qui déplaçait des cageots vides. Elle avait regardé la petite boule jaune choir et gueula pour m'informer que *c'était pas une décharge ici.*

Oui, pardon – dis-je de manière tout à fait inaudible, comme si je ne demandais pardon qu'à moi-même. J'avais honte, vraiment, de mon geste, je refermai la fenêtre.

Une insulte me fut adressée, que le vitrage assourdit, je ne sus pas de quoi la femme me traitait. J'étais conscient de mériter n'importe quel nom. Qu'elle m'eût appelé *gros porc* ou *sale con*, j'étais bien conscient de n'avoir rien à y opposer.

Il faut te ressaisir, Étienne – m'ordonnai-je.

Je me réfugiai au salon.

*

J'entendais, feutrés par la distance, des rires, des cris et des aboiements dans la rue. Préférant le tapis au canapé, j'allumai une chaîne d'infos en continu, et les nouvelles du vaste monde finirent d'effacer ces bruits qu'on faisait en bas de chez moi.

J'aurais bien voulu savoir pourquoi on avait *demandé à Jean de partir*. Un plan social avait peut-être été programmé, dont je n'avais rien su. Le cours du groupe chinois auquel nous appartenions s'était peut-être effondré.

Rien de tout ça ne fut annoncé. On commentait des inondations dans le Sud, les images de la catastrophe s'enchaînaient, l'écran était envahi d'une eau grise, de flots boueux. Les mêmes commentaires revenaient en boucle, avec des variations subtiles. Tout le monde témoignait de *sa profonde émotion*, tout le monde redisait *sa compassion pour nos compatriotes qui avaient tout perdu.* Je commençai de m'assoupir.

Avant de m'endormir tout à fait, je réussis à lire deux autres brèves, dans le bandeau qui défilait au bas de l'écran. Vendredi prochain auraient lieu dans tout le pays des rassemblements sur les places des grandes villes *en hommage au chanteur disparu* – on y retransmettrait en direct *sur écran géant* le concert donné *place de la République, à Paris.* Et dimanche dernier, près de Clermont-Ferrand, une caissière de station-service avait crevé les yeux d'un client avec son stylo Bic – *sa cavale venait de prendre fin.*

On l'avait arrêtée en Corrèze, à l'entrée d'une épicerie.

Je m'endormis avec l'idée que ces deux informations me concernaient directement. Cette pauvre femme s'était trompée de victime. Pour réparer son erreur, pour que je ne sais quelle vengeance divine fût malgré tout accomplie, une force fermait à présent mes yeux – et voilà pourquoi tout disparaissait, et voilà pourquoi le monde s'effaçait de moi en même temps que je m'effaçais du monde.

Je m'entendis ronfler.

*

Félix me réveilla en me donnant des petits coups avec l'orteil, comme on fait d'une charogne intacte sur le chemin, pour vérifier qu'elle est bien morte.

Ça va, mon chéri ? lui demandai-je, encore tout ensucré de sommeil. Il fit oui de la tête, éteignit la télévision, puis fila dans sa chambre où l'attendaient ses devoirs de collégien.

Le vase en raku rayonnait de quelque chose, mais quoi. Dans la pénombre de la pièce, on eût dit que c'était de lui que sortait tout le silence. Spontanément, je me levai pour aller regarder au fond de ce vase, qu'il y a longtemps Blanche avait acheté à je ne sais quelle exposition – ou que je ne sais qui nous avait offert. Il me semblait qu'il avait toujours été là. J'y plongeai une main, il ne contenait rien, pas une goutte, pas une feuille séchée, pas même un peu de poussière.

Face à cette main vide, je serrai les dents, violemment déçu de ne pas ouvrir mes doigts sur la vérité même. J'aurais bien aimé qu'elle se fût réfugiée là, au fond d'un vase, dans mon salon.

Je suis fatigué, dis-je alors.

Je l'avais prononcé tout haut, bien ferme, comme un diagnostic définitif, et je mis une main sur ma bouche, honteux d'avoir laissé échapper cette parole. Si de sa chambre Félix m'avait entendu, il pourrait croire son père malade ou fou. En ces temps, il n'avait pas besoin de ça.

N'était-ce pas, d'ailleurs, ce que je devenais vraiment – fou, malade. Et peut-être moins à cause de la fatigue que de la réalité, qui m'était de plus en plus hostile. Je redoutais à présent qu'elle se mît bientôt à me frapper avec la même violence qu'on met à ramener un naufragé à la vie.

Mes certitudes me manquaient comme les formes d'une femme à un homme qui bande à son seul nom. Je ne savais plus ce que je faisais dans cette pièce, ni comment j'étais arrivé là, sur la Terre.

J'allai prendre au bas d'une des bibliothèques l'album de notre mariage. J'avais besoin de voir à quoi ressemblait notre bonheur. Je cherchais une photo de nous en particulier, en guise de preuve.

C'était au milieu du mois de juin, il y avait plus de dix ans. Je nous trouvai très beaux, à la sortie de la mairie de Bournay, sous les gros tilleuls. Blanche était sublime. J'étais content de l'avoir convaincue de choisir ce cadre champêtre – *ça rendait très bien*.

L'énergie vitale qu'en cette année lointaine dégageaient son visage et tout son corps était si puissante qu'elle semblait sourdre encore du cliché. Laetitia montrait, heureuse, le beau sourire troué de ses sept ans, et Félix, d'à peine un an, se tenait debout, accroché à la robe de sa mère, levant un bras victorieux, fier de sa fraîche posture.

J'entendais les rires autour de nous, je respirais l'odeur bourdonnante des tilleuls.

C'était une preuve, en effet – une preuve que nous avions été *parfaitement heureux.* On aurait dit un tableau. On aurait dit des professionnels.

C'était un parfait spectacle, nous avions à la perfection joué ce rôle, si prisé et au fond si difficile à interpréter.

Sur ce cliché, je souriais moi aussi, je souriais autant que possible, j'étais heureux aussi – de montrer notre bonheur accompli, de célébrer notre réussite.

Comme tous les rôles, dans toutes les représentations, il avait supposé concentration et isolement, il avait exigé de faire le noir dans la salle, en fermant au monde portes et fenêtres – qu'y régnât l'éclairage artificiel afin que tous, spectateurs et comédiens, y pussent croire.

Je détachai la photo pour la tenir entre mes doigts, j'en écrasai entre pouce et index la ridicule épaisseur. J'en essuyai le grain, parfaitement lisse.

Ayant remis la photographie à sa place, je feuilletai le reste de l'album pour me convaincre et m'encourager. Nous n'étions pas seuls. Je revis avec émotion les autres visages heureux, tous les visages changés, tous les visages disparus.

Je cherchai les morts, je les comptai. Près de onze années avaient fait quatorze morts. La vieillesse, la maladie, la folie ou la malchance avaient emporté quatorze personnes présentes à la noce – parmi nos grands-parents, des cousins, des amis. Quatorze morts sur près de deux cent cinquante invités. Presque un sur dix-huit.

Ravalant la vie au rang de catastrophe, j'eus la bizarre et fausse impression d'appartenir au camp des *rescapés*. Était peut-être venu, en effet, le moment de considérer les choses sous cet angle.

En rangeant l'album, je posai un genou sur le bois du parquet, mon pantalon portait des marques de boue. Elles devaient dater de la veille, j'étais trop distrait.

La corbeille de linge sale était pleine. Remplissant le tambour de la machine, je me demandai s'il ne faudrait pas que nous quittions la ville pour nous mettre à l'abri. À l'abri de quoi exactement, je n'aurais su dire. Mais je savais que nous ne le ferions pas, quand bien même ç'aurait été la seule chose à faire.

Je choisis un programme court, c'était bien suffisant.

*

Après une douche, j'enfilai d'ores et déjà mon pyjama et consultai mon téléphone. Il m'annonçait treize messages, vingt-huit SMS, et je ne sais plus combien de notifications de tous les réseaux sociaux que j'avais quasi désertés au seuil de nos vacances. Abandonner ces dédales de miroirs criards ne m'avait pas apporté autant que j'en espérais, je n'avais pas le sentiment d'avoir retrouvé *la vraie vie*. J'avais retrouvé du temps, mais pour quoi faire. Je n'ouvris aucun SMS, je n'écoutai aucune voix. L'écran affichait 18 h 37. Je supprimai tout.

Laetitia n'allait pas tarder à rentrer. Je devais reprendre les choses en main. Du moins donner le change, pour le bien des miens. J'avais eu l'idée de faire livrer un bon dîner à mes *petits chéris* et moi. Nous allions tous trois passer un bon moment, je prendrais le temps qu'il faut pour les rassurer. *Maman rentrera sans doute demain, mes amours. Vous pourrez même caresser son chien. Tout redeviendra bientôt comme avant.*

J'avais commandé un repas vietnamien. Quand les enfants étaient petits, nous allions manger dans un *vietnamien sympa* de la Guillotière. C'était le mercredi soir, en rentrant du cours de danse de Laetitia ou du cours de clown de Félix. Quels bons moments c'étaient. Il avait parfois fallu s'énerver, c'était bien normal. Quelle merveilleuse famille nous sommes. Ces évidences sonnaient cruellement.

Le livreur ne fut pas très sympathique, mais c'était peut-être la fin d'une longue journée. Il transpirait à grosses gouttes, il ne sentait pas très bon.

Il me tendit sans sourire le sac. Je lui donnai quand même une petite pièce.

Quand, pour la prendre dans ma paume ouverte, il approcha sa main, son visage eut une expression étrange. Je crus qu'il allait me montrer les dents. Je devais lui sembler méprisable, un méprisable client en pyjama.

Comme j'avais saisi la pièce dans le vide-poches de l'entrée, je me demandai si par erreur je n'étais pas en train de lui fourguer un bouton égaré là. Mais il s'agissait bien d'une pièce de un euro, un oiseau y était gravé. Aigle allemand ou chouette hellène, coq français, cygnes finnois – je ne sus pas reconnaître le volatile.

Le livreur regardait la pièce dans ma paume, comme s'il hésitait, comme s'il avait voulu que je la fasse tomber, moi, dans sa main à lui. Comme si la prélever dans ma paume était dans sa journée le geste de trop. Attendait-il mon autorisation, croyait-il à un jeu – que j'allais refermer ma main avant qu'il eût pu la saisir, puis la rouvrir, jusqu'à ce qu'il y parvînt. Il me fallait renoncer à cette fâcheuse habitude de vouloir interpréter les attitudes de mes semblables.

Après trois secondes d'immobilité incompréhensible, il s'en saisit avec rapacité, puis partit sans nous souhaiter bon appétit.

J'avais mis une nappe, dressé un beau couvert, le repas était au micro-ondes. Dès que Laetitia arriverait, la machine réchaufferait notre dîner, nos papilles vogueraient vers l'Extrême-Orient. Nous nous consolerions ainsi de nos journées, nous serions heureux de nous retrouver. Je leur parlerais, et la tendresse de mes enfants me rendrait force et confiance.

*

Laetitia rentra furieuse. Il allait être huit heures. Elle venait de laisser quinze messages sur mon portable. Elle explosa. *Tu pouvais pas répondre ? Pourquoi tu réponds pas ? Pourquoi t'as pas répondu ?* me harcela-t-elle. J'avais éteint mon téléphone après la commande et je l'avais mis à charger. Elle me répondit que *ça se faisait pas* – qu'il ne fallait jamais l'éteindre, qu'il fallait être toujours joignable.

Tu fais vraiment n'importe quoi !

Je voulus me justifier, j'avais eu besoin de calme, ma journée avait été difficile. *Mais qu'est-ce que j'croyais ?* Elle aussi elle avait eu sa journée, elle en avait *ras la chatte de nos histoires.* Elle cherchait clairement à me provoquer, à provoquer chez moi une réaction disproportionnée, inadéquate. Je restai tranquille.

Alors, un ton plus bas, elle dit en maugréant que *ça faisait une heure qu'elle voulait juste savoir si elle pouvait passer la nuit chez Mélissandre*, et que ça l'avait *bien saoulée* d'avoir à demander *juste ça cent fois sur mon portable.*

Rien de grave n'était arrivé et j'aurais dû être rassuré. Elle se remit toutefois à parler avec un débit inhabituellement rapide, additionnant les reproches. Elle s'en prit même à ma patience, à mon air impassible. Une lueur vorace allumait son visage, une note cruelle sonnait dans sa voix.

Je peux ou merde ? hurla-t-elle.

Après cet ultimatum, je la regardai, consterné, presque tétanisé. Mes yeux s'échappèrent sur le micro-ondes, la bougie que j'avais allumée, la jolie nappe, puis sur la vitre et la ville derrière nos reflets très flous, presque invisibles, sur le soir qui venait, tranquille. Les parents de Mélissandre étaient d'accord, elles n'avaient plus douze ans. Je ne lui demandai pas de me rappeler qui était Mélissandre, ni ce que faisaient ses parents dans la vie, ni d'où sortait ce prénom. De nouveaux reproches seraient nés – de ne jamais l'écouter, de ne pas vouloir me souvenir, de vivre sur une autre planète.

Or ce n'était pas vrai. J'avais tout écouté, j'avais essayé de tout retenir, j'étais là, j'avais toujours été là, mais je n'y étais pas arrivé.

Je la regardai de nouveau. Elle était belle dans son énervement, elle était attendue ailleurs, la vie l'appelait. *Oui*, dis-je.

Oui, ma grande, lui dis-je.

Elle soupira, elle me tourna le dos, elle repartit en courant, sans même avoir posé son sac, sans me remercier.

Juste avant d'ouvrir la porte, elle me lança, sans un regard, que maman l'avait appelée, *elle non plus elle dormirait pas là*. Je n'eus pas le temps de lui dire que je le savais déjà.

Félix entra dans la cuisine sitôt que la porte eut claqué.

On mange quoi ? fit-il.

Alors je mis le micro-ondes en marche.

Je n'allai pas me coucher dans ce qui fut notre chambre. J'avais passé dans le salon une bonne partie de mes récentes insomnies, ma solitude s'y était habituée. Le plus simple serait de me concevoir une couchette à même notre grand tapis, avec des couvertures et des couettes.

Je serais très bien par terre, j'étais content de m'être trouvé une nouvelle place.

J'entrai à tâtons dans la chambre de Félix pour prendre notre couverture la plus épaisse, rangée dans son placard. Il dormait profondément. L'ayant trouvée, je m'agenouillai devant l'abandon de son visage, je retrouvai sous ses traits son visage de petit enfant, et je murmurai *Ne meurs pas*, *ne meurs pas*, implorant je ne sais quoi de maintenir sa présence à mes côtés.

Que la vie lui réussisse, qu'il réussisse mieux que moi.

Machinalement, je m'adonnai à notre ancien rituel, déposant un doux baiser sur son front, vérifiant l'absence de monstre sous son lit. Quelque chose luisait sous son sommier, contre le mur.

La fente de lumière venue du couloir faisait briller, comme un gros œil, une paroi rectangulaire, légèrement bombée. Je dus m'allonger complètement sur le parquet flottant contrecollé chêne clair, glisser jusqu'aux épaules sous le lit, tendre le bras, jouer avec le bout de mes doigts pour ramener à moi ce qui se révéla être un gros livre.

Je le dissimulai et sortis à pas de loup.

En le déposant sur la table basse du salon, je vis qu'il s'agissait d'une bible. Elle présentait sous une couverture de cuir cramoisie une *traduction liturgique* sur papier ivoire.

Ce n'était pas celle qu'on m'avait offerte pour ma profession de foi et qui prenait la poussière chez mes parents. Je ne me souvenais pas non plus que Blanche en eût jamais apporté une chez nous.

Qu'est-ce qu'une bible faisait sous le lit de Félix. Je n'allais pas le réveiller pour l'interroger, mais j'étais très tenté de le faire, car j'avais peur.

J'avais peur, d'une manière totalement irrationnelle, pas moins que s'il s'était agi d'un coran et de propagande salafiste, de tracts politiques, d'un explosif ou de drogue.

Blanche et moi, bien que tous deux de culture catholique, n'avions pas fait baptiser nos enfants pour *leur laisser le choix* – selon la formule dont nous avions rassuré nos parents. En vérité, nous trouvions ça dépassé, quasi rétrograde. Nous n'allions pas jusqu'à exécrer la religion, mais le catéchisme ne nous avait rien apporté d'essentiel et la messe nous apparaissait comme une pure perte de temps.

D'où sortait cette bible. Qui Félix avait-il rencontré. Je soupçonnai un mauvais coup de ses grands-parents maternels. Ils avaient pu profiter de nos vacances chez eux pour lui bourrer la tête. Ça ne leur ressemblait cependant pas tant que ça, ils étaient plutôt *pour le respect de la liberté de chacun*.

Comment et pourquoi Félix s'intéresserait-il à Dieu. Je n'avais remarqué aucun changement notable dans son attitude, dans ses paroles. Il ne s'était pas confié, pas à moi, il n'avait pas osé, sans doute. Pourquoi cachait-il son livre saint. Je ne savais pas quelle réaction adopter, ni même quoi en penser. Ce n'était pas le moment d'affoler Blanche. À qui pourrais-je en parler.

Dans un réflexe contemporain, je demandai conseil à Google. Je ne savais pas comment formuler ma demande, ni quelle était ma demande exacte. Je tapai seulement *que faire*.

Le *moteur de recherche* me proposa
que faire à Lyon ce week-end
que faire quand on s'ennuie
que faire pour faire jouir une femme
que faire en cas d'attaque terroriste
que faire en cas d'incendie
que faire d'un cadavre
si bien que je préférai fermer l'écran.

Je me servis une chartreuse que je bus cul sec.

*

Entouré de nos biens, trésors antiques de notre bonheur, j'ouvris cette bible avec précaution. Je la feuilletai, n'y découvris aucune annotation, aucun signet ni page cornée.

Alors, je l'ouvris au hasard. Mes yeux se posèrent sur un long verset. C'était une sévère mise en garde où il était question d'une maison qu'on bâtira mais qu'on n'habitera pas, d'une fiancée qu'on aura mais avec qui un autre homme couchera, ainsi que d'un troupeau perdu – bœuf égorgé, brebis livrées aux ennemis.

Je la fermai sans en lire plus, et recommençai l'exercice, comme un jeu, plusieurs fois. Je cherchais une parole appropriée, ni semonce ni réconfort, ni poésie ni prophétie, juste une parole pour moi, comme si c'était possible. Je testais ma propre crédulité.

Je tombai sur la description précise du temple de Salomon, le nombre exact de coudées que mesurait le lieu très saint, le nombre de tonnes d'or recouvrant tout, et jusqu'au poids des clous dorés.

Je tentai de me figurer ce lieu, de m'imaginer pénétrant à l'intérieur de ce cube étincelant. Je dépassais les chérubins sculptés sur les portes, gardant l'entrée, et je me tenais là, dans la seule lumière de l'or et le vide. J'aurais attendu, je me serais tu – bien entendu, rien ne se serait produit, aucune présence ne se serait manifestée, aucune voix ne m'aurait interpellé. J'en serais ressorti très calme, pour proclamer au monde ma solitude.

Lors de ma dernière tentative, je lus *que les chiens mangeront Jézabel dans le champ de Jézrahel, qu'il n'y aura personne pour l'enterrer.*

Je refermai le gros livre pour de bon, en soupirant.

Le rectangle de sa couverture sanglante me faisait l'effet d'une vraie menace : une grenade dégoupillée, là, au milieu de notre salon. Je me sentais usé, fatigué, nerveux. J'étais persuadé qu'il y avait quelque chose à faire, qu'il y avait une solution. J'y voyais un peu flou.

Bien décidé à me laisser avaler par le canapé en regardant sur YouTube une vidéo intitulée *Construis ton salon de jardin en palettes*, tout m'échappa soudain. Notre vidéoprojecteur, nos enceintes, notre *station*, le masque congolais et la rangée des Pléiade qui habillaient si bien notre large bibliothèque, la table basse au design si original et l'énorme fauteuil moelleux et pivotant, notre long canapé – tout s'éloignait, tout m'abandonnait. Tout s'était mis à tourbillonner, de plus en plus loin, et disparaissait dans les parois. Notre vie matérielle me quittait.

Je vous aime ! Je vous aime ! avais-je envie de crier aux choses qui me tournaient autour, pour les convaincre d'arrêter, de rester près de moi. Mais je les entendais ricaner, le masque africain se moquait de moi, et quelque chose d'inconsistant et bête fermait ma bouche – quelque chose d'aussi arbitraire et léger que la règle d'un jeu de société.

Roulant hors du canapé, me collant au sol, je me ratatinai. C'était très injuste, me semblait-il, j'avais d'évidence *droit à tout ça*. J'allais bientôt être vraiment tout seul, vraiment privé de leur calme compagnie, dans notre salon vide dont ne demeuraient que les quatre murs blancs, mystérieusement poreux.

Tout passa et repassa loin, très loin devant mes yeux, à l'horizon, je tendais les mains sans rien pouvoir saisir. Puis cette vision se désagrégea.

Tout avait fondu.

Le plafond descendit alors sur moi, lentement.

Lentement, le plafond venait m'aplatir comme une crêpe. Au fur et à mesure que la blancheur du plâtre se rapprochait, du sol montait une ombre épaisse, une ombre de plus en plus noire, de plus en plus large – qui était la mienne, qui était tout ce que je pourrais voir de moi à la fin, le dernier souvenir que je me laisserais au moment de disparaître.

Avant que le plafond touchât mon nez, ce mauvais songe s'acheva sans me réveiller. Il laissa place à d'autres rêves, où je vis mon errance, seul dans la foule, sans Terre Promise, et une meute innombrable, et ma femme déchiquetée.

Mon activité onirique fut intense durant tous ces jours. Je n'en attendais rien – elle m'étonnait, m'inquiéta. À un certain niveau de peur et de délire, le sommeil, le sommeil pur, sans pensée ni songe, est un miracle. Malheureusement, il faut se réveiller, on se réveille, parce que le monde se remet à faire du bruit, parce que c'est comme ça.

Ce furent des bruits de gros moteurs, des chocs sourds, le tintement de camions ou d'engins de chantier en manœuvre. Malgré rideau et store, un halo orangé, émanant du clignotement des gyrophares, s'infiltrait dans la pièce.

Je cachai rapidement la bible, la couchai derrière la rangée des Pléiade, en avançant des tomes consacrés à *La Comédie humaine*, Milan Kundera, Jean d'Ormesson.

Il y eut un bruit d'éboulement.

Je me précipitai à la fenêtre, j'ouvris en hâte – partout des pelleteuses, une grue, des remorques, la rue bloquée, et des marteaux-piqueurs bientôt en action. Il était à peine sept heures, et tout s'attelait à détruire l'immeuble d'en face.

J'en cherchai des habitants sur le trottoir, je n'aurais pas été étonné de les voir en pyjama, sonnés, des valises bouclées en urgence au bout des bras. Pour peu, je l'aurais souhaité. Je leur en avais toujours voulu de notre vis-à-vis. Il donnait une impression d'égalité et de surveillance, qui entrait en parfaite contradiction avec l'existence de notre bonheur. C'est pourquoi, ce matin-là, leur disparition me paraissait dans l'ordre des choses, presque morale.

Félix me rejoignit sur le balcon.

Ils font quoi ? s'étonna-t-il.

C'était prévu, assurai-je. *Ils savent ce qu'ils font.*

J'étais prêt à inventer n'importe quel prétexte à cette destruction, un *projet d'urbanisme innovant*, une *rénovation écologique*, un *geste architectural.* Je ne piochai en moi que ce simple et sûr *Ils savent ce qu'ils font.*

Tout un pan de la façade allait céder, on allait voir les appartements en coupe, exactement comme dans une maison de poupée. Chaque appartement dégagerait une atmosphère particulière, chaque pièce sa singularité, la présence humaine imbiberait le moindre espace abandonné. Chaises, tables, lits, cadres au mur, lampes sur les commodes, vêtements et jouets, tout, bientôt, tomberait dans le vide, rejoindrait les décombres. Sous nous, le gros nuage de poussière grossirait encore.

Nous rentrâmes pour ne pas être intoxiqués ni nous salir. Nous regardâmes gonfler et monter jusqu'à nous l'épais nuage gris, derrière notre porte vitrée.

Quand il se dissipa, je vis que les appartements étaient vides, comme si personne ne les avait occupés depuis longtemps.

Un doute de plus me transperçait.

*

Notre petit-déjeuner fut rythmé par de grands fracas. Félix n'avait toujours rien à dire. En moi, les phrases anciennes s'étaient tues, plus rien n'y remuait. Je guettais l'attitude de mon fils du coin de l'œil. J'allumai la radio.

Les nouvelles n'étaient pas bonnes, pas bonnes du tout. Léa Salamé et Nicolas Demorand allaient *revenir pour nous* sur *le scandale des attachées parlementaires roumaines violées au Parlement européen*, vraisemblablement par des députés d'Allemagne et de Hongrie. Ils promirent de *nouvelles révélations*. La menace d'une guerre *des Occidentaux contre la Chine* était *montée d'un cran* depuis qu'à Taïwan avaient eu lieu de *nouvelles disparitions inexpliquées* de *militants des droits de l'homme hostiles à un rapprochement avec Pékin*. Quant à la hausse du prix de l'électricité, elle serait de vingt-huit pour cent au 1er octobre. C'était du *jamais-vu*.

J'éteignis la radio. Félix était parti.

J'étais résolu à interroger bien franchement l'état de ses nouvelles croyances dès que vers cinq heures il rentrerait, après son cours de tennis ou de guitare. Moi, j'avais l'impression de n'avoir nulle part où aller, de n'avoir plus rien à faire, comme si je n'avais plus de travail, plus aucune tâche à accomplir, rien d'utile, rien de nécessaire.

Le vacarme me parut plus grand, le vacarme me parut considérable. Je craignis qu'ils ne s'attaquassent à notre immeuble, qu'ils ne se missent à tout détruire et moi avec.

Évidemment, je pensai qu'ils nous auraient tout de même prévenus.

Mais ils avaient pu oublier.

J'aurais convenu sans peine que seule une illusion d'optique – possible rêve éveillé, mirage protecteur, effet d'inertie appliqué à mon état de conscience – maintenait faussement le sol stable et le reste du monde intact autour de moi.

Je remuai sur ma chaise pour chasser les mauvaises pensées qui s'accrochaient à mon costume. Je me refis une bonne tartine, avec beaucoup de beurre, beaucoup de confiture. Je l'engloutis dans une béatitude trop brève.

Je cherchai sur l'enceinte une touche qui permettrait d'augmenter le son du silence, mais je ne la trouvai pas.

MAN THAT IS BORN OF A WOMAN
HATH BUT A SHORT TIME TO LIVE
AND IS FULL OF MISERY

La sonnette suivie de coups secs à la porte me sortirent de ma torpeur. C'était un voisin, lui non plus je ne savais pas son nom, un homme plus jeune que moi qu'il m'était bien sûr arrivé de croiser, sans que vraiment nous nous soyons parlé. Je crois qu'il habitait l'étage en dessous.

D'où qu'il vînt, il était impossible qu'il m'accusât de tapage. Je n'avais pas fait de bruit, nous n'en avions jamais fait.

C'est pour la pétition, m'annonça-t-il. Sans me saluer ni se présenter, il me tendit un papier posé sur un bloc-notes d'où pendait un stylo noir. C'était *contre le centre qu'ils leur construisaient en face.* Il avait les yeux exorbités, il était dans une petite panique. Il fallait *que je signe, très vite*, il fallait *que tout l'immeuble ait signé, aujourd'hui.* De cette pétition dépendait *tout notre avenir.*

De quoi parlait-il, je n'en savais rien. Ma grimace ahurie suffit à ce qu'il se fît plus pédagogue.

Vous avez pas vu ? s'étonna-t-il. *Ça y est*, le vieil immeuble insalubre était en train d'être détruit, et maintenant *ils allaient le construire, leur Chalet*, et *ils allaient tous les foutre dedans.*

Qui ça ?

Les Africains, les Afghans, les Arabes, et tout !

Je ne réagis sans doute pas assez à son goût. Il insista en poussant contre mon ventre son bloc-notes. Il m'invita à considérer la baisse de valeur de notre bien immobilier qu'entraînerait l'existence de *ce putain d'Chalet*, citant le chiffre de quarante pour cent – chiffre *qu'il avait vu*. Par quel calcul rationnel ce pourcentage avait-il été établi, je ne sus.

Il évoqua ensuite, sans que je pusse l'interrompre, le *ramdam* qu'allaient faire les Noirs, *tam-tam et compagnie. Les négresses les seins à l'air au balcon, j'dis pas, moi j'veux bien ! Mais le boucan, l'odeur de savane et les maladies, c'est non merci !*

Puis il me demanda de lui confirmer que j'avais bien une fille, et comme j'acquiesçais, il prophétisa, du tac au tac, *qu'elle pourrait s'faire sans doute violer.*

J'entrouvris la bouche et pâlis, il comprit que j'avais besoin d'un peu de temps, il me laissa son papier. Il me montra que *presque tout le monde avait déjà signé.* Il repasserait.

Je fus lâchement soulagé, je bredouillai *Oui oui, très bien* – alors que je voulais dire *Non*, je voulais dire *Non*. Je voulais dire *Non*, et je n'y parvins pas. Je bégayai une fois de plus *Oui* en refermant la porte.

Je posai la pétition sur le meuble à chaussures, sous le vide-poches, puis partis au travail.

*

Il était plus de dix heures quand j'arrivai au labo. J'avais effectué mon trajet de façon très automatique et très lente, les yeux rivés au sol, inspectant obstinément la propreté des trottoirs. Aux abords du lycée Ampère, j'avais ralenti plus encore le pas, jusqu'à m'arrêter et relever la tête.

Tout était tranquille, il n'y avait plus trace des violences de la veille. Tout était à sa place, il ne s'y était jamais rien passé. Les gens allaient et venaient, tranquillement, tranquillement des lycéens jacassaient, fumaient, attendaient, comme s'il était inimaginable qu'il pût un jour se passer là autre chose qu'aller, venir, jacasser, attendre.

Je ne trouvai aucune trace de sang. Se referma dans mon ventre une odieuse blessure.

*

Je passai une courte journée à ruminer encore, mon véritable travail n'était que ruminations. Il n'était plus question pour moi, conformément à mes bonnes résolutions de la veille, d'apprendre le prénom de mes collègues – ceux avec qui j'avais des contacts nécessaires et fréquents. Je n'avais pas la tête à ça. Je ne pensais qu'au chien et à la bible.

Telle sera peut-être la suite de ma vie, maintenant que Jean-Jacques Goldman est mort – reconnus-je benoîtement, envisageant une litanie de révélations navrantes, un spectacle à l'envers où se déferaient un à un les tours de magie.

Alors, à la façon d'une alarme lointaine, mon ex-collègue Jean revint, à intervalles réguliers, sonner dans mon esprit. Pas sous la forme d'un être humain, je ne lui attribuais aucun visage avec certitude, mais en tant que *situation*.

Toi, est-ce qu'ils ne pourraient pas te demander de partir aussi ? m'avertis-je.

Il me fallait plus de vigilance. Il fallait rehausser ma muraille, il fallait doubler mon armure.

Un bref instant, je quittai le serveur, je me rendis sur le site officiel du labo. Je cliquai sur l'onglet intitulé LE MOT DE LA DIRECTRICE. Et notre cheffe apparut – du moins son portrait en pied, en dessous de son baratin et à côté de sa signature. Elle souriait. Elle souriait à tout. Elle était la directrice d'un laboratoire de recherches efficace, compétent, compétitif. Elle me souriait.

Il y avait des maîtres, et je n'en faisais pas partie. J'avais toujours voulu être de leur côté, les rejoindre – les rejoindre aussi haut que possible, et leur complaire. Je ne voulais pas cracher sur ceux d'en dessous pour autant. Eux, j'étais certain de ne plus appartenir à leur catégorie, depuis longtemps.

Je me souvins de ce rapace de mon enfance. Au sommet d'un pylône électrique, dominant tout ce qui remuait au sol, il se faisait oublier longtemps avant de fondre sur sa proie. Je n'étais pas cet oiseau. Qu'est-ce que j'étais.

Je fermai l'onglet, le site, rouvris le serveur. Essayai de me remettre au travail.

À côté de la porte de mon bureau, les tiges d'un arum sans fleur penchaient tristement. Chaque feuille ployait d'abandon, comme une fine main verte toujours tendue à qui passe, et que personne jamais n'avait serrée, ne serrera jamais.

À table, je ne parlai à personne. On m'ignora. Ils faisaient mine de parler entre eux, comme d'habitude. Tout le monde était sur ses gardes.

Quand Félix m'entendit entrer, il se précipita. Dans le couloir, il vociférait *Elle est où ? Elle est où ?*.

Parlait-il de sa mère, parlait-il de sa bible. *Calme-toi, mon grand*, lui demandai-je. Il me tourna le dos, fonça dans sa chambre, le claquement de sa porte me fit sursauter.

Le salon était sens dessus dessous, un véritable champ de ruines. Les débris du vase en raku gisaient sur le tapis, entourés de tous nos coussins. Le plus gros d'entre eux était déchiré. Certains petits meubles étaient décollés des murs, un fauteuil renversé. Les tiroirs, à même le sol, étaient vidés, leur contenu et les bibelots des étagères faisaient çà et là de petits tas effrayants, comme des restes de vies naines.

Notre grand écran était intact.

J'enjambai divers objets inutilisables, de petits cadres ébréchés sous lesquels nous souriions, les éclats invisibles et éparpillés de la vérité, des souvenirs, des ombres.

Par la fenêtre venait un grand jour. De l'immeuble ne restait plus qu'un amas de gravats, dont une grue remplissait une benne.

La destruction en cours là-dehors avait contaminé notre appartement.

J'appelai Félix pour qu'il m'expliquât – il ne répondit pas. En allant cogner à la porte de sa chambre, je vis que la nôtre était entrouverte. Un autre affreux désordre y régnait. Il avait vidé au sol ou jeté sur notre lit le contenu de notre placard, le bas de nos penderies, tous les tiroirs de notre commode et de nos tables de nuit.

Sa mère allait rentrer tout à l'heure, ce bordel-là n'était pas admissible. Je tambourinai comme un fou à la porte de Félix, jusqu'à ce qu'enfin, effrayé, il ouvrît.

Il était pâle, il ne m'avait jamais connu si enragé. Il protégea sa joue, comme si j'allais le gifler, moi qui n'avais jamais levé la main sur lui. Je l'attrapai par l'épaule, je le traînai jusqu'au salon.

J'éjectai de la rangée de Pléiade plusieurs Balzac, tirai d'un coup sa bible du fond de l'étagère. Kundera et d'Ormesson se cassèrent également la gueule pour couronner un petit monticule, prêt pour un autodafé.

C'est ça que tu cherches ? C'est ça que tu veux ? demandai-je fermement à la face de mon fils.

De ses deux mains, il saisit le gros livre avec précaution, comme s'il arrachait des griffes d'un fou un nouveau-né. Il me regarda droit dans les yeux et, avant de regagner sa chambre, me dit :

Dieu te voit, Étienne.

*

J'avais posé quelques instants mes fesses sur notre table basse, le temps de reprendre mon souffle.

Je ne savais plus quoi faire.

Je regardais avec un peu de désespoir les morceaux du vase, aux formes ratées d'étoiles grises. M'envahissait cette idée effrayante que je n'aurais jamais dû participer à tout ce qu'implique peu ou prou l'existence. Que j'aurais dû *ne rien faire*. Que je n'aurais pas dû fonder une famille, ni même m'attacher à quelqu'un. Forniquer, soit, mais sans procréer. Ne pas travailler. Ne rien produire. Ne pas ajouter d'humains sur la Terre, ne pas poursuivre l'histoire de l'homme, ne pas tenter le malheur.

J'allai remettre un peu d'ordre sur notre lit pour pouvoir m'allonger.

*

Je me tournais en tous sens sur le matelas, je n'avais pas envie de dormir. Puis je me mis sur le dos et je ne bougeai plus. J'imaginais que, si je ne bougeais plus, j'apaiserais quelque chose quelque part. Je ne serais plus perceptible par les radars, on me ficherait la paix. On finirait par me rendre ma vie paisible et mes aveuglements.

J'entendis Laetitia entrer et je me levai pour la voir. *C'est quoi, ce bordel* – demanda-t-elle en voyant l'état du salon. *Rien*, dis-je, *c'est ton frère.*

Elle me gratifia d'une grimace pleine d'ironie, elle me dit *OK*, elle fila dans sa chambre.

Je retournai dans la nôtre et j'y rangeai tout, tout seul, parce que j'avais un besoin urgent d'ordre. Après que chaque vêtement eut retrouvé sa place, j'en profitai pour passer l'aspirateur.

Le vrombissement continu du moteur m'offrit une bulle. Enfermé dans ce bruit désagréable, je me sentis protégé, je m'autorisais à me confier des pensées mauvaises – comme deux espions conversent librement dans une chambre après avoir, pour duper les micros, mis la musique à fond. Je repensai à la ridicule menace divine dont Félix m'avait accablé, et je lui en voulais.

Je lui en voulais de m'avoir appelé *Étienne*, pour la première fois, et non *Papa*. Il n'avait pas le droit. Ça, il n'avait pas le droit.

Le rangement, mon état nerveux, le bruit de l'aspirateur, tout me donnait des tensions. Ma nuque se raidissait, mon dos tirait, je craignais l'arrivée brusque d'un torticolis ou d'une sciatique. Un faux mouvement suffirait.

J'arrêtai l'aspirateur pour mettre un jogging.

Sur le balcon, au-dessus des travaux, j'enchaînai lentement mes postures de tai-chi. L'air et mes mouvements lents, appliqués, me furent très vite bénéfiques.

Les premiers gestes m'étaient revenus naturellement, j'en félicitai ma mémoire physique. J'envisageai de reprendre bientôt, auprès de mon ancien professeur agréé, cet *art martial* au ralenti qui, voilà quelques années, m'avait fait tant de bien. Vu le temps et le prix que ça m'avait coûté, tout oublier serait dommage.

Des points de tension se dénouaient peu à peu, ils ne s'imprimaient plus que légèrement et s'éloignaient, se changeant en baisers. Ma chorégraphie était un peu gauche. Mon professeur m'aurait sans doute corrigé en bien des positions, mais je sentais ma peine s'affaiblir, un poids me quitter.

Je ne parvenais pas à visualiser, comme il nous y encourageait, *un ennemi à combattre.* Je ne m'en connaissais pas. L'idée même d'*avoir un ennemi* me mettait mal à l'aise. Je fixai quelques instants une grue, une tractopelle. Quoi qu'il en fût, je sentis l'énergie circuler, l'énergie circulait bien. Geste après geste se débouchaient des canaux invisibles.

Je recommençai.

Je *séparai* encore *la crinière du cheval sauvage*, je respirai profondément avant que *la grue blanche ne redéployât ses ailes*. Je tentai une nouvelle fois de *repousser le singe*, mais je perdis l'équilibre. Je tâchai de me concentrer, je ne réussis pas à me souvenir du mouvement suivant, je tentai tant bien que mal de *saisir la queue de l'oiseau*, mais ce n'était pas ça, ce n'était pas ça du tout.

Je m'écroulai sur le balcon, hébété. Je ne sentais plus rien et pleurais sans larmes. Je me voyais comme depuis un drone : sur notre balcon était affalée une figurine de pâte à modeler ou une poupée de chiffon, sans articulations ni système nerveux.

J'étais plus vide que ne le fut le vase en raku, moins brillant et plus vide. Le flux tranquille de *l'énergie vitale* avait brusquement cessé, sa source en moi s'était tarie. Y avait-il même encore en moi du sang à faire circuler, je me le demandai. Mes flux me semblaient morts. Seul le vacarme du chantier habitait mon espace.

Cette crise ne me fit pas totalement perdre la boule, je savais bien que, physiquement, je me portais comme un charme. Ma dernière analyse le prouvait, la mécanique fonctionnait impeccablement. J'avais quand même du mal à respirer.

Il aurait fallu avoir le courage de tout recommencer, encore et encore, tous les gestes. Non pas refaire une nouvelle fois *le cheval*, *la grue*, *le singe*, mais tout refaire, depuis le début – naître, et la suite.

Il n'était plus question de *me recentrer sur moi-même*, ni de *chasser les pensées négatives*, encore moins d'*atteindre la paix intérieure*, ainsi que m'y avait naguère encouragé mon professeur. S'il s'était présenté en cet instant devant moi, je me serais agrippé à son cou pour l'étrangler, en le traitant de charlatan.

*

Je rentrai aussitôt, suant, je fermai tout – porte vitrée, store, grand rideau. Je secouai la poussière qui s'était déposée sur mon jogging. Dans la pénombre, j'essayai encore de pleurer, mais j'étais définitivement trop sec, trop fatigué. Je me laissai retomber sur notre beau tapis.

Quand j'eus repris mon souffle et mes esprits, je me rendis quelques minutes dans ma pièce. Par miracle, Félix n'avait pas eu l'idée d'y chercher son livre, il n'avait rien remué en mon sanctuaire.

Je restai silencieux. Je ne crois pas qu'on puisse parler de prière. Jean-Jacques Goldman ne disait rien, il n'était plus qu'une image. Il n'y avait plus de chanson.

Dans notre chambre, je remis l'aspirateur en route. À un moment, je sentis une ombre près de moi, je me tournai, Blanche était là, dans le jour mourant. Ce fut comme une apparition. D'abord je ne fus pas très sûr que ce fût elle, puis elle alluma.

Elle était en jogging aussi, elle jeta ses sacs sur le lit, son front luisait de sueur. J'ouvris la bouche de surprise, je la saluai, elle me dit quelque chose, mais le bruit de l'aspirateur couvrait tout, je mis plusieurs secondes avant de me précipiter pour l'éteindre.

Bonsoir, dut-elle redire. *C'est gentil de faire le ménage.*

De rien.

Elle n'avait pas remarqué l'état du salon, ou bien elle se moquait.

Tu rentres pour de bon ?

Oui.

Et Martin ?

Je l'ai déjà raccompagné. Un gars du Foyer m'a dit que c'était bon, Martin reconnaît mon odeur, on s'entend bien. Je crois qu'il m'aime bien.

Elle alla prendre une douche. Avant de prendre la mienne, je mis à chauffer deux bouteilles de *potage de potiron bio* et décongelai un clafoutis que mes parents nous avaient apporté en juin.

Les noyaux s'entassaient au bord de nos assiettes. Nous parlâmes un peu tous les quatre. Laetitia et Félix racontèrent spontanément à leur mère les petits événements de leurs journées. Laetitia parla *des barres qu'elles s'étaient tapées*, Mélissandre et elle, et de *la super prof de philo*, *toute petite* et *toute marrante.*

Faudra trop que tu la rencontres à la réunion parents-profs, maman –

J'écoutais. Je m'étais habitué à ce que, avec moi, ils ne répondissent que par monosyllabes – comme beaucoup d'adolescents. Avec moi, ils bifurquaient tout d'un coup vers un sujet qui les intéressait. Ils en parlaient alors ensemble, comme si je n'étais plus là.

Félix ne croisait pas mon regard. Il posa toutes sortes de questions sur Martin, auxquelles Blanche répondit de bonne grâce, sans se faire bavarde.

Vous le verrez demain, leur dit-elle.

Trop bien ! dit Laetitia.

Ils avaient hâte. Elle, elle avait l'air d'aller bien mieux.

Je vais débarrasser, dis-je, laissant les enfants regagner leurs chambres.

En remplissant le lave-vaisselle, je l'observais pendant qu'elle passait un coup d'éponge sur la table. J'observais son calme, les traits détendus de son visage. Elle évoqua pour notre famille un possible voyage sur la côte croate, pourquoi pas une semaine lors des vacances de Pâques. Elle avait consulté pas mal de sites, c'était moins cher au printemps, *qu'est-ce que j'en disais*. Elle s'acharnait, d'une main frénétique, sur une vieille petite tache de confiture séchée. Je trouvais que c'était *plutôt une bonne idée.*

J'aurais juré qu'elle avait *pris quelque chose*, mais elle n'avait pas bu, elle paraissait lucide, et son antidépresseur ne pouvait agir si rapidement. Était-ce donc Martin qui lui avait rendu le goût des choses et des mots. Je mis le lave-vaisselle en marche.

On sonna. Preste, elle alla ouvrir.

Elle revint en riant. C'était un voisin, c'était *pour la pétition*. Il lui avait tout expliqué, elle lui avait répondu que nous n'avions pas encore eu le temps d'en parler. Il repasserait, mais *fallait qu'on se dépêche.*

Il est fou, non ? la consultai-je.

Elle se remit à rire, elle riait très fort, et je la rejoignis dans ce rire. Puis elle alla embrasser les enfants.

*

J'enjambai des tas de choses, je ne remis que deux coussins en place, je l'attendis. Elle vint s'asseoir à côté de moi, sans rien dire, sans faire une remarque. Elle me demanda si ça me dérangerait de nous servir un verre.

Ce que tu veux, dit-elle.

Je nous servis deux petits verres de porto, craignant autant le mélange entre son traitement et trop d'alcool que de tout renverser en traversant le bazar. En sirotant à son côté, je nous imaginais déjà tous les quatre au bord de l'Adriatique. J'imaginais un grand temps clair, où tout irait mieux.

Elle ne me parla pas de Martin. Je ne lui parlai pas du mysticisme irascible de Félix – ni de pourquoi les choses gisaient ainsi autour de nous. Elle ne demandait rien. Pour l'heure, nous savourions des retrouvailles.

En réalité, nous n'échangeâmes pas un seul autre mot. Elle se renferma dans un silence de bête et lapait son porto. Je n'osais poser aucune question parce que tout était de ma faute.

En reposant mon verre vide sur un coin de la petite table où les magazines, froissés, s'emmêlaient, je nous vis à travers les yeux du masque africain, deux solitaires qui buvaient dans le décor d'une grande colère – *et qui ne voyaient rien*, qui ne voulaient plus rien voir, et qui ne parlaient pas, qui ne pouvaient plus parler. Je repris mon verre, sans raison.

Amour était un mot que nous n'avions jamais employé entre nous qu'avec un tendre sarcasme, pour nous préserver du sirop des romances populaires. Pas pour en arriver là. J'étais une citerne trop rapidement vidée. Serrant mon verre à le briser, l'écho du mot *amour* résonnait en moi sans fin, avec la mollesse d'un rire de mépris. Dans ce rire méchant, mon passé pourrait crouler. Tout ce que nous avions vécu serait annulé.

Blanche se leva, elle enjambait les choses en dansant presque. Je ne pus m'empêcher de l'admirer. J'étais sans doute plus malade qu'elle.

La vie devait bel et bien être *autre chose que ça*, mais je ne voyais pas du tout quoi.

Je la retrouvai dans le noir de notre chambre, sous notre couette légère. Aussitôt elle roula pour s'allonger sur moi. Elle ne m'embrassa pas, elle plaça sa tête dans le creux de mon cou, de ses mains plaqua mes épaules.

Pris sous son corps, je crus redevenir vivant.

IN THE MIDST OF LIFE
WE ARE IN DEATH

Je m'étais réveillé déçu. Blanche n'était plus là. Elle avait laissé un petit mot sur ma table de nuit :

partie rejoindre Martin !
bonne journée

Mon téléphone affichait 7 h 16.

Laetitia et Félix avaient commencé à déjeuner tout seuls. Ils n'avaient pas vu leur mère partir. Ils me regardèrent d'un drôle d'air, ils m'accusaient silencieusement de n'avoir pas su la retenir. Je remis une nouvelle fois à plus tard le débat théologique. Ils étaient tous deux redevenus hostiles, le charme relatif qui avait enchanté notre dîner s'était rompu.

J'appelai Blanche, elle ne répondit pas, je lui laissai un bref message où je lui souhaitai à mon tour une bonne journée. Elle m'écrivit aussitôt un SMS en retour : *merci* – tout allait bien, Martin et elle longeaient la Saône. Je transmis l'info à

Félix et Laetitia afin qu'ils se rassurent. Je maîtrisais la situation. Je savais où était leur mère, nous communiquions.

Ils partirent en laissant le petit-déjeuner sur la table. Je ne me sentis pas bien.

J'appelai le labo et demandai à prendre ma journée. Je prétextai un *dégât des eaux* – sans raison. Ce fut la première excuse qui me vint. Une secrétaire consulta un planning.

Pas de souci – dit-elle.

Je venais de rentrer de vacances, mais je savais n'avoir pas épuisé mon stock de RTT. N'importe, c'était vexant de découvrir qu'on pouvait si facilement se passer de moi.

Par notre baie, j'assistais à la construction du *Chalet*. C'était une architecture *à ossature bois*. La grue qui hier débarrassait des gravats portait ce matin des murs, poserait bientôt le toit. L'ombre revenait chez nous. Je ne sais pourquoi l'expression de *destruction créatrice* me revint, comme le vers d'un vieux poème, un code secret dont on ne se sert plus, ou un mensonge enfoui.

Sans enthousiasme, comme un dernier devoir, je trouvai la force de commencer à ranger notre salon.

*

Je pris soin de remettre chaque colifichet à sa place exacte. Ce faisant, je voyais avec plus d'acuité encore qu'il aurait fallu que *nous changions de vie*.

J'étais incapable de dire en quoi ça aurait consisté, mais j'en avais la certitude et le regret : il y eut un instant autrefois où nous y aurions été prêts. Mais nous étions lancés. Nous étions passés trop vite à côté de telle ou telle bifurcation. Aujourd'hui, nous devions laisser le processus se poursuivre et limiter les dégâts. Je ramassai un dernier débris du vase sous le canapé.

Après avoir reconstitué avec minutie la pyramide en escalier de nos magazines, je me résolus à *gérer la question* de nos plantes mortes. J'avais pris ma journée, c'était l'occasion.

Je ne voulus pas que Nadia vît leur désastre, je ne voulais pas qu'elle s'en occupât. J'eus même un moment de honte devant tout ce que nous demandions à Nadia de faire. Nous la rémunérions correctement, nous la traitions bien – là n'était pas la question. J'avais même conçu pour elle un sentiment presque familial, comme si elle était une lointaine cousine de ma mère. Mais pouvais-je demander plus longtemps à une lointaine cousine de ma mère de récurer nos chiottes.

Nadia avait ses clefs et passait d'habitude entre dix heures et midi. Je l'appelai et je lui demandai de ne pas venir. *Je suis malade*, prétextai-je, *et c'est très contagieux*. Nous paierions ses heures comme si elle était venue, bien sûr. Elle s'inquiéta pour moi, j'eus un peu honte de lui avoir menti. Mais c'était pour son bien.

Elle me souhaita un bon rétablissement. Je la remerciai en voilant légèrement ma voix, toussant pour de faux juste avant de raccrocher.

*

Ayant arraché ces cadavres végétaux, j'ouvris le balcon où je réduisis en poudre fleurs et feuilles cramées. Une légère brise aurait pu tout emporter, mais à quoi bon, pas un souffle d'air ne daigna passer, ce n'était que semence morte et cendres noires. La poudre sombre tomba devant la pointe de mes pieds.

Revenu à genoux devant les trois pots, je grattai de mes ongles la surface rêche de la terre, j'enfonçai mes doigts dans le trou qui remplaçait les racines, pour l'émietter. Dans la microseconde d'une vision fantastique, je crus y pouvoir enfoncer ma main, mon bras, moi tout entier. Quel monde aurais-je rejoint, que pousserait-il de moi sous la terre, de quoi pourrais-je être le grain. De quelle mauvaise herbe, de quelle fleur vénéneuse. Je n'étais vraiment pas dans mon assiette.

Dans un élan absurde, je saisis une poignée de terre, je serrai le poing pour la compacter, je l'enfouis dans la poche de mon pantalon. En y replongeant plus tard la main, sa douceur m'apaiserait.

J'avais beau savoir que c'était du terreau acheté sous emballage à Botanic, ce m'apparut comme notre terre. Désormais, je la charrierais dans la suite des jours. Divinité primitive de notre foyer, elle me protégerait. Si je parvenais à la conserver sur moi longtemps, elle me mènerait en quelque exil, pour y replanter ma vie – si je parvenais à la conserver jusqu'à la fin, quelqu'un la ferait pleuvoir en premier sur mon cercueil.

Des trois longues tiges sèches et de je ne sais combien de kilos de terreau, je remplis un grand sac-poubelle qui termina, un peu tristement, dans un bac de la cour. J'avais empilé les pots vides au bord du tapis, j'aurais dû les descendre tout de suite au garage, ou les entreposer sur le balcon. Je n'en eus pas la force. Je savais bien que, si je ne le faisais pas sur-le-champ, ils resteraient des semaines et des semaines là, dans notre salon. Et leur présence inutile me paraîtrait incongrue, puis obscène.

Mais quelle importance. Nous finirions, dans quelques mois, dans un an, par acheter ou nous faire offrir de nouvelles plantes, il faudrait alors remettre ces pots lourds ici. Il y avait eu, jusque-là, de ma part, beaucoup trop de gestes vains.

Ça suffit, me dis-je.

*

Le salon retrouvait presque une apparence normale. En le parcourant du regard, j'eus néanmoins l'impression d'un vide. Mon œil avait fixé au milieu de son étagère le souvenir du vase détruit.

Nous pourrions dimanche aller tous les quatre chiner aux puces du canal pour lui trouver un remplaçant – coupe, assiette, chandelier, petite sculpture. Ce serait une *belle occasion de sortie*. C'était quelque chose que nous avions déjà fait, mais cette fois Martin serait des nôtres. Nous pourrions nous acheter un cornet de marrons, à moins que ce ne fût pas encore la saison. Alors des gaufres. Des gaufres myrtilles-chantilly nous raviraient.

Derrière la vitre, le grand toit, porté par la grue, était suspendu dans le ciel dont l'immense bleu, taché de ce double pan marron, semblait plus intense que d'habitude. Ce bleu lançait un appel. *Il n'est rien à craindre sous ma coupole*, clamait-il. *En cet instant, rien ne te pleuvra sur la tête. Je tiendrai*, promettait-il.

J'avais déjà croisé ce bleu-là. Je le reconnus comme le détective d'un mauvais polar découvre enfin le coupable, avec une exclamation idiote. C'était – *mais bien sûr !* – le bleu du bout du tunnel, la ligne de mire, la fin des vacances, la fin du trajet.

Se manifestait-il à moi pour m'indiquer une nouvelle issue, ou pour faire naître en mon for intérieur plus de patience que d'espoir.

J'en étais réduit à ces interrogations molles et banales.

J'avais vraiment besoin de prendre l'air.

Tremblota quelque chose à mes pieds, sans chaleur, le sanglot d'un mort. Mon téléphone vibrait sur le tapis. Je n'avais pas pris le temps de me laver les mains, j'écrasai des grains de terre noire sur l'écran.

Ça va, tu tiens le coup ? demanda ma mère, après s'être étonnée, sur un ton faux, que je répondisse. *N'aurais-je pas dû être au travail. En tout cas*, elle et papa *se réjouissaient de m'avoir.*

Ils me redirent leur fierté de mon parcours, eux qui n'avaient pas pu *aller si loin. Ils étaient persuadés que leur fils irait toujours de l'avant.* Ils semblaient savoir ma fatigue et tous nos dérèglements, je ne voyais pas comment ils auraient pu être au courant. Ils semblaient mieux comprendre que moi ce qui m'arrivait. Comment était-ce possible.

Un accident de parcours, ça arrive à tout le monde ! dit la voix plus lointaine de mon père. Tous deux *comptaient sur moi* en me conseillant d'*accepter les choses en l'état.* Leurs voix aussi étaient pleines de curieux points d'exclamation.

Ils répétaient en boucle les mots de *confiance* et de *courage*, tels deux managers qui cacheraient mal leur propre stress face aux insuccès répétés de leur champion. Ils parlèrent de ma trajectoire comme de celle d'une balle qui n'était que rebonds, et de ma vie comme d'une courbe graphique *globalement ascensionnelle.* Ils s'étaient investis dans mon éducation comme on investit dans une action. *Je ne devais pas m'écrouler* – ça reviendrait à ruiner leur vie, anéantir toutes leurs valeurs.

Je les imaginais tous deux au-dessus du combiné posé sur la table de leur salle à manger, fonction haut-parleur activée. De leurs bouches, en se faisant des signes, ils laissaient tour à tour tomber des phrases grasses et sucrées, comme des petits gâteaux, préférant m'en étouffer plutôt que de m'entendre dire contre l'époque un seul mot sincère de tristesse ou de rage.

Avant de raccrocher, ils me demandèrent de ne pas oublier d'embrasser les enfants de leur part. Ils espéraient que, malgré tout, ils allaient bien, *et Blanche bien sûr.*

N'oublie pas de la féliciter pour son chien – conclut ma mère, qui me décrivit une *super photo* de Blanche et Martin en balade, qu'elle s'était à l'instant *permis de commenter sur Facebook.*

*

Peu après que j'eus raccroché, il y eut une erreur. Un numéro inconnu m'appela. Quelqu'un me chanta *joyeux anniversaire.*

Joyeux anniversaire, Camille ! s'exclama-t-on.

Je ne démentis pas. Je demandai *qui était à l'appareil.*

Le gars qui t'avait juré qu'il oublierait pas la date ! dit-il en riant. *C'est Balthazar ! Ça va, depuis la fête chez Titi ?*

Moi qui ne m'appelais pas Camille, moi qui ne me souvenais plus d'aucune fête, j'étais bien sûr de n'avoir jamais croisé la route d'un Balthazar.

Coup de bol, je retrouve pile ce matin ta carte et ton numéro !

Alors, il me donna de ses nouvelles. Il travaillait dur, il tenta de m'expliquer quelque chose. Il m'assomma de preuves et de chiffres, mais de chiffres de quoi, de preuves pour quoi. Je me souviens de la vigueur de sa voix, il m'en secouait avec force, il était presque brutal.

Il va falloir se battre ! Se battre ! disait-il.

Il ne me laissait pas parler. Il parla beaucoup, longtemps, j'eus l'impression d'y passer toute une heure, j'espérais qu'enfin déchargé, mon téléphone finirait par s'éteindre. Mais le téléphone tenait bon, c'était moi, pauvre chose, dont les batteries se vidaient.

Il avoua pourtant *n'avoir pas trop de temps à me consacrer*, rien qu'un quart d'heure entre deux réunions, il était *au ministère.* Je l'imaginais à la

Défense ou aux Affaires étrangères. Ils étaient *sur les dents – les menaces se multipliaient.*

Les attentats ?

Les mouvements.

J'acquiesçai sans comprendre. Il poursuivit en évoquant, mesuré dans des *enquêtes d'opinion*, un haut niveau de *mécontentement*, de *frustration* et de *colère* chez *les habitants des territoires.* Ça *s'agglomérait*, ça *s'organisait.* Mais *nous n'avions rien à craindre, la situation était sous contrôle.*

Ça bouge – il s'excusait de ne pouvoir m'en dire davantage. *De notre côté*, insista-t-il, *le seul truc à faire*, c'était de *garder le moral*, de *rester du côté des battants.*

On se revoit bientôt, conclut-il. Et il raccrocha.

Je me regardai sur l'écran. Je vis que j'étais bien Étienne, je vis mon visage sans colère, j'en fus aussi rassuré que si je me jugeais indemne d'une épidémie. Je ne savais plus à quoi ressemblaient les traits de ma colère, je l'avais depuis longtemps éteinte, je l'avais oubliée.

Je sentais la tendresse du tapis sous mes fesses, qui cherchait à m'avaler. Je fermai les yeux. J'essayais de revoir le visage des gens que je fréquentais, que je croisais dans notre rue. J'essayais de retrouver une trace de colère sur leurs faces. Je les trouvais certes fatiguées mais calmes, parfaitement calmes, je n'avais pas souvenir d'y déceler le moindre *mouvement.* Si quelque chose bougeait, c'était sans doute tout en dessous.

*

Je remerciai Balthazar de son appel, je le remerciai intérieurement, je lui répondais dans le vide que j'étais touché, malgré notre malentendu.

Il était impossible qu'il m'entendît, il ne put m'entendre dans le cadre des technologies actuelles. Mais dans une autre dimension, grâce à je ne sais quel enchantement, peut-être.

Je me souvins de conversations lointaines, avec d'autres gens, il y avait bien longtemps, de vieux messages enregistrés – de paroles gentilles, qui m'apaisaient en prenant la voix de qui se penche pour ramasser un objet cassé.

À tous, aujourd'hui, je voudrais dire pardon, et merci.

Tout d'un coup, j'allai dans ma pièce et déchirai le poster. Sans doute eus-je pitié de moi. Sans doute déchirai-je toutes les promesses inaccomplies.

Je laissai au sol les morceaux éparpillés. Je tâtai la terre au fond de ma poche, elle était informe, tiède et molle.

Il me fallut sortir vite, le plus vite possible – quitter de toute urgence notre appartement, que je sentais gagné par un invisible incendie.

*

Je dévalai l'escalier tête baissée, j'espérais ne pas croiser le voisin pétitionnaire. Par chance, je ne me cassai pas la figure. J'avais hâte de sentir l'air extérieur emplir mes poumons, mais il était saturé de particules, et je me forçai pour courir encore. Je courus au bout de la rue, je ne m'arrêtais plus, je courus jusqu'au Rhône où soufflait un vent purificateur, je traversai la presqu'île, la Saône, je montai jusqu'à Fourvière.

En voyant la course d'un homme qui ne portait pas la tenue appropriée pour courir, puisque comme de coutume j'avais enfilé en me levant pantalon, chemise et veste, les passants durent me prendre pour un faux jogger. *Encore un imposteur*, devaient-ils tous se dire, *encore un fuyard.* Je devais déjà leur faire peur.

De là-haut, devant la basilique immaculée, je contemplai la ville, comme le firent les généraux de Rome, les premiers évêques de la Gaule, des papes en voyage, des rois en visite, tous les touristes depuis. Elle était partout, la ville, montant toujours plus à l'assaut des collines, mangeant jusqu'à la pointe extrême de la presqu'île, à la confluence des grands fleuves.

Une image satellite donnerait l'impression d'une tumeur, de métastases qui peu à peu se rejoignent, qui ravagent peu à peu le vivant.

J'aurais bien hurlé, pour me faire du bien. J'avais vu un coach sur YouTube le conseiller, mais je ne me souvenais plus précisément de sa méthode. Je ne savais plus quel son produisait ma voix hurlante. Sans doute imiterait-elle un sifflement de bouilloire, ou le grincement d'un lave-linge qui s'emballe, quelque chose de ridicule, de peu puissant. En bas, la ville ne m'entendrait pas, la ville en bas n'en aurait rien à faire.

D'ici tout était très calme, je ne distinguai aucun *mouvement* au sens où Balthazar l'entendait. Tout ce qui bougeait, c'étaient les voitures, les trams, les piétons, chacun suivant sa trajectoire. Il n'y avait aucun problème, c'était très régulier, presque harmonieux. Qu'en était-il souterrainement, je n'imaginais rien d'inquiétant. Pour le métro comme pour les égouts, il existe des plans. Les voyageurs et les eaux usées suivent des itinéraires prédéfinis. Même lorsqu'en nous bout le sang, il suit toujours les mêmes veines, aortes et artères.

En de plus profondes profondeurs, les choses étaient sans doute moins prévisibles. Un bref instant, un enfant inquiet revint dessiner des formes fantastiques, en rouge et noir, aux parois de mon esprit – crocodiles poilus, phasmes carnivores, bacilles géants. Et des dragons qui grandissaient, qui grandissaient.

Au-dessus de tout demeurait le bleu, omniprésent et intouchable, le ciel obstiné et lointain. Je sentais, par mon imagination allumée et mes muscles détendus, le bon effet de ma course. J'aurais pu retenter *le serpent qui rampe*, *le coq qui se tient sur une patte*, *la fille de jade lançant sa navette*, ou *l'aiguille au fond de la mer*. J'eus peur de rater encore et d'un nouveau vertige.

J'en conclus n'avoir rien à faire là, sur ce sommet, devant ce paysage photogénique. Je n'eus aucune envie d'entrer dans la rutilante basilique. J'y étais allé déjà, lors d'un voyage scolaire.

*

En redescendant, je butai mollement contre un caillou. Je m'arrêtai, me penchai au-dessus de lui, et shootai, comme lorsque j'étais gamin et que je me donnais pour défi de dribbler de l'arrêt de car jusqu'à la maison.

Je l'envoyais sans cesse devant moi, faisant la passe non à un ami invisible, mais à moi-même, à celui que je serais dans un pas. Cependant, je n'habitais plus la maison de mes parents, c'était trop loin – la maison, l'enfance. Et c'était toujours moi, moi maintenant, obstinément moi. Je fis tomber le caillou dans une de ces fentes en bordure des trottoirs, et j'eus la sensation de marquer un but. Un but facile, sans goal ni aucun adversaire, un but quand même. Je ne sais pas sur quoi donnent ces fentes, je ne savais pas jusqu'où ça menait, où mon caillou tomberait. J'espérais ne rien blesser, n'assommer pas même un rat, pas même écraser un cafard, mais en vérité peu m'importait, je m'amusais, je m'amusais vraiment.

Les reflets du soleil sur le fleuve m'attirèrent. Ses eaux partageaient tranquillement leur part de tout ce bleu qui m'assommait de sa bénédiction.

Sur le pont, je m'appuyai au parapet, respirai, regardai sous moi, juste à la verticale. Mon état incertain aurait suffi à convaincre un autre de sauter. Je laissai seulement mon regard glisser avec le fleuve, comme si je suivais quelque chose.

Son cours était puissant et plat, je rentrai plus tranquille.

La porte était ouverte. Je blâmai ma distraction. Dès le vestibule, j'entendis cependant des soupirs et des plaintes.

Aussitôt, je perçus que ce n'étaient que soupirs d'ange, râles de plaisir en provenance de la chambre conjugale.

Tourbillonna devant mes yeux un essaim de moucherons, aussi gros que l'amas des jours de nos dix-huit années de vie commune.

Pour que le malaise ne me fît écrouler, je m'appuyai à la cloison, glissai dans le salon, m'accrochai au canapé, m'agenouillai sur le tapis. Peu à peu, les bestioles se calmèrent, leur nuée s'éloigna. La lumière revenait.

En face, le toit était posé, il paraissait presque plat. Le bâtiment formait une grande cabane plus qu'un chalet suisse – un immense et rudimentaire abri de jardin, un gros cube de bois. Des bruits de perceuses, de scies électriques, de marteaux traversaient la vitre. Dans la chambre, les gémissements cessèrent.

Je me retournai, prêt à voir paraître Blanche, son corps nu, à un autre offert. Mais c'est l'autre qui d'abord parut, un homme d'une cinquantaine d'années avec une légère barbe grise, qu'il essuyait, sans m'avoir vu.

Il resserrait sa ceinture, il n'avait pas encore boutonné sa chemise. Il sortit son portable, dit *Merde*, il était en retard. Sa face ronde, ses joues barbues, son crâne chauve le faisaient ressembler à René, le défunt mari de Céline Dion, ou à feu je ne sais quel ogre qui fit la une pour je ne sais plus quelle série de faits divers atroces.

Dans mon souvenir, il ressemble au visage d'une *Présentation au Temple*, de Mantegna ou Bellini, que nous avions vue à Berlin ou Venise. Au second plan mais parfaitement au centre du tableau vous fait face la même figure – vous fixant d'un regard franc, sévère, hypnotique. Sur un fond plus noir que la nuit, elle évoque moins le discret et doux Joseph que le Père Tout-Puissant. Il nous regarde et nous juge.

Je dis *Bonjour* à qui se rhabillait en vitesse dans notre couloir. Ce pauvre dieu-là sursauta.

Il avait blêmi, il bredouilla quelque chose, bref salut ou nouveau juron, il courut vers l'entrée. Fit claquer la porte en partant.

Stéph, où tu vas ? lui lança une voix que je ne voulus pas reconnaître – jusqu'au moment où parut ma fille.

Laetitia tenait une bombe de crème chantilly à la main. Elle était nue, elle hurla en me voyant – *Toi !* hurla-t-elle en cachant comme elle pouvait son sexe et ses seins, ses seins encore cerclés de crème.

Elle partit se réfugier dans la salle de bains, en pleurant comme elle pleurait naguère, quand je lui confisquais un jouet.

*

La première chose qu'elle fit, en réapparaissant dans son long peignoir jaune canari, fut de ramasser une casquette que *Stéph* avait oubliée dans sa fuite, une casquette noire, avec écrit SHANGHAI en rouge. Puis elle se remit à hurler.

Je revoyais son corps nu. Cette apparition me laissait plein d'admiration pour la vie, pour ce que la vie m'avait offert, pour ce bébé devenu femme. Je n'avais jamais vu son corps nu depuis son enfance, depuis la dernière douche que je lui avais donnée, il y avait près de dix ans. Je tremblais.

En moi craqua pour de bon une chose royale et noble, un invisible objet sacré. C'est lui qui m'avait conféré mon peu d'honneur et ma seule gloire. Sceptre ou sabre, je le découvrais brisé.

Laetitia hurlait toujours. J'étais muet, on m'assassinait. Elle ne demandait pas pardon, elle ne s'excusait de rien, elle me piétinait d'injures, de reproches. *Qu'est-ce que je foutais là, pourquoi je n'étais pas au labo.* Soudain, elle me cria *Je l'aime, voilà !*.

Stéph et moi on s'aime, c'est tout ! me répéta-t-elle plusieurs fois, en criant toujours.

Je fus incapable de poser la moindre question. Incapable de lui expliquer que lui ne *l'aimait* pas – qu'il aimait son cul, certainement, mais qu'un amoureux de cet âge-là ne s'enfuyait pas devant le père de sa dulcinée.

Ça fait deux ans, maman sait ! l'entendis-je annoncer.

Elle continua de parler, de parler très fort, elle ne se défendait pas, elle m'attaquait, chaque phrase me blessait. Elle n'était *plus une gamine*, elle pouvait *choisir sa vie*, elle était *libre et responsable de ses actes*. Elle retournait contre moi, comme des poignards, mes propres paroles, mes paroles de père, des paroles qui jamais n'auraient dû nous mener là.

C'était, en un sens, une étape classique, sans doute, un moment classique – mais qui prit ici quelque chose d'effroyable. *De toute façon*, conclut-elle, *elle faisait bien ce qu'elle voulait de son cul. Les gens font ce qu'ils veulent de leur cul*, nous lui avions toujours dit ça.

Comme je ne disais rien, comme j'avais fini par baisser les yeux, elle se mit à défendre *Stéph*. *Stéph* était *un mec bien*, *vraiment cool*. *Stéph* lui avait proposé de payer ses études l'an prochain, elle aurait un appartement à elle. *Stéph* avait beaucoup d'argent, ce qui rendait envisageable son inscription dans cette prépa d'école de commerce sur laquelle, au regard des frais d'inscription, elle nous avait vus hésiter. Grâce à *Stéph*, elle ne serait pas *un poids pour nous*.

J'aurais dû lui dire que c'était inutile, que nous aurions les moyens, mais je n'en étais plus sûr, plus sûr du tout. Il n'y avait plus devant moi que des sables mouvants et de grands murs. Je m'étouffais dans le chagrin.

Je posai le bout de mes doigts sur mes paupières closes, je tentai d'écraser mes yeux, mais j'aurais voulu ne plus entendre non plus – ne plus rien entendre et ne plus être là, revenir en arrière. Qu'elle redevienne ma petite fille, notre bébé. Qu'on recommence et réussisse.

Elle en profita pour aller prendre une douche.

*

Quand je rouvris les yeux sur son visage, elle se tenait debout, droite, face à mon effondrement. Elle portait sur la tête la casquette de *Stéph*, son sac de lycéenne sur le dos.

J'ai cours, faut que j'y aille –

J'aurais voulu parler, savoir depuis combien de temps sa mère savait tout ça – et pourquoi je n'avais rien vu, rien su, pourquoi ni sa mère ni elle ne m'avaient rien dit. Elle se penchait, elle tendait l'index, elle m'avertissait. Maintenant je savais, maintenant les choses étaient claires, *plus la peine d'en discuter*. Il fallait que je me ressaisisse, il ne fallait pas que je me laisse aller.

Elle dégageait une force immense, son front incliné sur moi affichait une ferme certitude. J'avais honte de ne pas savoir quoi dire, d'être seulement là sous son regard impérieux. Honte d'avoir été un si piètre père, de ne plus servir à rien.

Devant ma dévastation silencieuse, elle hésita, puis se pencha et déposa un bisou dans mes cheveux.

Salut, papa – dit-elle en se redressant.

Je n'osai pas la regarder partir. Elle referma la porte sans faire de bruit.

Je travaillai longtemps la terre de ma poche.

Mon fils croyait en la Trinité et ma fille, en l'amour mâtiné d'un rapport harmonieux à l'argent. Ces phénomènes pouvaient être assimilés à des *passages obligés* de leur développement psychologique. Ils me donnaient l'impression d'une sortie de route ou d'un coup d'arrêt – d'un échec en tout cas, de mon terrible échec.

Je n'avais toujours pas déjeuné et je n'avais pas faim.

J'aurais aimé qu'il y eût quelqu'un à côté de moi. J'aurais aimé entendre de nouveau sonner mon téléphone, le sentir vibrer dans ma paume. J'aurais aimé un contact, de n'importe qui. Lire un mot de réconfort, un mot humain, ouïr une miette de parole humaine.

J'espérai que tinterait un message de Laetitia qui me dirait quelque chose encore, n'importe quoi, qui m'enverrait n'importe quel hiéroglyphe. En cet instant, elle marchait dans les rues de Lyon, elle se rendait à son lycée – tout en pianotant probablement un mot d'amour à ce barbon plus vieux que moi, à ce *Stéph* qui n'avait d'autre éclat que sa carte bancaire et devant moi n'avait su que fuir.

Se pouvait-il qu'elle préférât le fric à la jeunesse, comment s'étaient-ils rencontrés, qu'était-il arrivé à mon enfant. Le dégoût et l'inquiétude se mêlaient mauvaisement en moi. J'avais envie de vomir, le ventre vide.

Je la voyais aller, je ne pouvais m'empêcher de la voir aller, avec insouciance et morgue, cheveux au vent, nimbée de sa beauté électrique, le visage penché sur son écran. Elle s'éloignait de moi, elle s'éloignait depuis si longtemps. Pourvu qu'aucune voiture ne la renverse, pourvu qu'il ne lui arrive plus aucun mal.

J'eus envie de prier pour elle, mais je ne voyais pas ce que ça pouvait vouloir dire. Je ne me souvenais pas d'avoir jamais su en quoi ça consistait. Son petit frère saurait peut-être, il saurait mieux que moi – j'en fus plus désolé que consolé. Je pensai juste encore à elle, je murmurai juste *Mon Dieu*, dans un pauvre soupir qui ne s'adressait à rien, c'est tout.

J'avais formé une parfaite petite boule noire, et rien n'allait plus.

*

Je me tenais toujours à genoux sur le tapis. J'avais chaud et je tremblais, j'étais épuisé comme si nous étions au plus tard de la soirée, mais il faisait grand jour.

La vie se séparait de moi. Elle avait muettement demandé le divorce, nous n'allions plus au même pas, elle m'avait doublé, s'éloignerait toujours davantage. Elle était partie faire le tour du monde sans moi, elle ne s'en reviendrait dans mon dos que pour me donner l'estocade. À moins que des êtres supérieurs n'eussent échangé avec celui d'un autre mon destin tranquille – comme au vestiaire d'une salle de spectacle on vous rend par erreur un manteau si étroit qu'il vous étouffe, ou si grand qu'il vous fait disparaître, un manteau, quoi qu'il en soit, qui n'est pas du tout le vôtre. Ou bien, malgré les apparences, la vie était terminée – et, comme un personnage de cartoon, je marchais encore au-dessus du gouffre. Tant que je ne regarderais pas tout en bas, je pourrais encore faire un pas ou deux.

J'aurais dû appeler la police pour dénoncer *Stéph* pour détournement de mineur, et je ne sais qui pour raconter tout ce qui m'arrivait. Mais à quel service compétent s'adresser, qui m'aurait écouté.

J'allai boire un verre d'eau puis crouler sur une chaise dans la cuisine. Quelqu'un sonna. J'eus peur que le voisin ne vînt réclamer sa pétition, je fis comme si je n'étais pas là. On frappa. Je pris sur la table, pour talisman, le mot de Blanche que j'avais posé là ce matin, je pinçais entre mes doigts son souhait de *bonne journée.* Le chagrin le faisait trembler sous mes yeux comme un papillon malade. On me laissa tranquille.

Je touchai l'écran de mon téléphone, il afficha 15 h 59. Sa surface réfléchit ma barbe neuve. Je ne m'étais pas rasé depuis lundi. Mon téléphone se taisait toujours et il me sembla trouver là le coupable idéal. Dans un effort que jamais dans ma vie je n'avais eu à faire encore, dans un effort qui me parut surhumain, je décollai mon cul d'une effroyable glu de tristesse.

Il ne me servirait plus à rien, il contribuait à notre éloignement les uns des autres, de lui étaient venus tous les non-dits, tout ce silence, ce silence des miens autour de moi – comme un donjon.

Je ne pouvais cependant pas le jeter comme ça, parmi les ordures ménagères, il fallait l'emporter quelque part pour qu'il fût démembré et détruit dans les règles, pour qu'il fût parfaitement neutralisé. À moins que je n'en fisse don.

Je le serrais entre mes paumes, en un faux geste pieux, pour mieux l'étouffer. Le comprimant de toutes mes forces, j'ouvris difficilement la porte avec mon coude.

Sitôt sur le trottoir, je recommençai à courir.

*

Au-dessus du fleuve, j'ouvris les mains. Le petit rectangle noir tomba vers l'eau, fut avalé par le courant.

Je ne sais si des gens me virent, je ne sais ce qu'ils purent penser. De loin, je devais leur faire l'impression d'un dégénéré, dingue prodigue ou fou dégueulasse. Si certains m'avaient entouré, rares auraient été ceux à huer mon suicide social.

La plupart seraient passés, indifférents, comme nous tous.

J'aurais voulu qu'avec lui de vieux messages s'effacent de moi, tous les programmes, tout mon historique. J'aurais voulu que la chute et la noyade de cette merveille de la technologie sud-coréenne fussent dans mon histoire comme le précieux et inamovible clou d'or, premièrement planté, à partir duquel seraient établies toutes les proportions d'une future cathédrale.

Je ne me sentis que plus seul et plus perdu. M'en retournant au hasard, j'hésitais à mettre un pas devant l'autre, comme si je ne savais plus le faire, comme si je n'avais jamais réellement su *marcher comme il fallait*. J'avançais avec peine, cherchant à réapprendre à marcher, sans plus savoir le chemin.

Ce n'était pas l'heure où l'activité de la ville était la plus sereine. Je percevais de brusques accélérations de moteur. Un cycliste et un automobiliste s'insultaient devant un passage piéton. Une trottinette m'effraya, qui me frôla.

Des heures passèrent, des heures étaient passées. Les derniers rayons du jour atteignaient tout d'une impartiale et violente égalité. Le soleil, projecteur malveillant, n'éclairait mon visage que pour me nuire. Dans son éblouissement, je craignais autant de n'être plus reconnu que d'être montré du doigt.

Quand il disparut, ce fut plus calme, la circulation s'amoindrit. Beaucoup de gens étaient déjà rentrés chez eux. Je fis de même. Je commençais, malgré tout, à avoir faim.

Ils étaient là, tous les trois. Ils m'avaient attendu pour passer à table.

Dommage, Étienne, tu as raté Martin ! me dit Félix en m'accueillant dans la cuisine.

Il est trop beau ! dit Laetitia, avec un enthousiasme de petite fille. Blanche souriait en remplissant nos assiettes d'une salade de fèves, pamplemousse et crevettes.

Oui, il est beau – dit-elle. Et nos enfants de confirmer encore. Il était beau, il était très gentil.

J'aurais voulu les interroger sur ses capacités défensives. Après tout, ne devrait-ce pas être l'argument premier pour Blanche. Mais elle-même ajouta en me fixant :

Avec lui, je suis tranquille, je suis bien.

Je dodelinai de la tête malgré moi, secouant avec délicatesse un tamis dans ma cervelle.

Vos journées ? interrogeai-je innocemment.

Ça va –

Tranquille –

Et toi ?

J'allais dire *Normal*, et je dis *Bien*. Laetitia me darda de son œil sévère. Je regardai par la vitre le crépuscule violet. Il était inconcevable d'évoquer la nature de sa relation avec *Stéph* devant son petit frère – encore moins les conditions de sa découverte. Dans notre reflet naissant, je vis sa mère et elle qui se regardaient, puis elle pouffa.

Qu'est-ce qu'il y a ?

C'est toi ! Tu me fais rire –

Je ne demandai pas d'explication. Puis je mentis encore :

J'ai perdu mon téléphone –

Oh ! firent-ils en même temps.

Ils me regardèrent avec des yeux tristes, comme une pauvre chose, un être diminué. Leurs bouches restèrent ouvertes, en petits cercles. On aurait dit qu'ils attendaient qu'en sortît toute seule une formule de condoléances, mais rien ne vint. À la demande de sa mère, Félix se ranima pour éteindre la plaque à induction, servit à chacun sa portion de gratin de courge et son steak.

En le mâchant me revint malgré moi l'image de ce lion qu'avec Félix, au parc de la Tête d'Or, je vis déjeuner dans son enclos de fausse savane. Le grand fauve enfermé déchirait à grands coups de mâchoire la viande rouge, souple, élastique d'un quartier de bœuf. Ses grosses pattes de chasseur étaient mollement posées sur la carcasse. *Cette pauvre bête qui n'a rien fait !* s'était lamentée une vieille dame. Pris de haut-le-cœur, j'avais tiré le petit bras de Félix pour partir, avant de me rendre compte, quelques pas plus loin, qu'il pleurait.

Si l'appartement prenait feu, c'est quoi les choses que vous emporteriez ? demandait maintenant mon fils.

Je touillais les petits cubes orangés dans la béchamel, je m'attendais à ce qu'il poursuivît en nous donnant un cours de *détachement spirituel.* Je me tranquillisai en pensant à la terre que ma poche contenait. Cependant, je m'imaginai découpant avec soin, face aux flammes, un carré de notre grand et beau tapis, afin qu'il demeurât pour moi, où que nous nous retrouvions, une île et le souvenir d'une île.

Vous – répondis-je. *C'est vous que j'emporterais.*

Je confesse avoir voulu, en faisant montre de ma générosité, flatter son sentiment religieux. Je n'en étais pas moins sincère. Je n'étais pas qu'un mécréant matérialiste, j'aimais ma famille, oh comme je l'aimais.

Ils me regardaient encore, tous les trois, bouches pleines. Laetitia avala sa portion, eut un sourire narquois.

Nous on n'est pas des choses –

Ils rirent.

J'aurais voulu arrêter net ce rire-là – le même, pitoyablement le même que celui que j'avais senti trop souvent frémir dans mon dos. Quand Blanche répondit qu'elle emporterait nos albums photos, j'eus l'impression qu'elle m'avait volé cette réplique,

que c'était ça la bonne réponse et que c'est moi qui aurais dû la prononcer.

Il fallait que ce mauvais jeu cessât. Je ne voulais plus jouer, je ne voulais plus jouer du tout.

Et toi, alors ? demandai-je à Félix pour reprendre la main. *Ta bible, je suppose ?*

Piochant dans le plat, j'en détachai une croûte de fromage gratiné.

Ça s'fait pas ! me tança Laetitia.

Tu veux être curé, c'est ça ? demandai-je sans me démonter.

Non, Étienne – me répondit froidement Félix en sauçant son assiette. *Je lis la Parole de Dieu, c'est tout. Mais s'Il m'appelle –*

Tu as rencontré une secte ? Tu crois que c'est la fin du monde ?

Laetitia tourna la tête vers sa mère et leva les yeux au ciel.

Bien sûr que c'est la fin du monde, Étienne – tu crois quoi ?

Arrête, Félix ! suppliai-je. *C'est insupportable !*

Tu crois quoi, Étienne ? Ça fait déjà un moment que c'est la fin du monde, tu vois pas ? Tu vois pas, Étienne ?

Arrête ! Arrête !

J'aurais voulu crier, mais ma voix se grippa et je donnai l'impression de chercher à décoincer un caillou dans ma gorge. Aucun d'eux ne bougeait plus. Tous trois me fixaient. Je poursuivis en parlant comme on tousse.

Arrête de m'appeler Étienne *! Je suis ton père ! Tu dois m'appeler* PAPA *!*

Des larmes auraient dû me venir aux yeux.

Tu dois m'appeler papa *!* répétai-je, en secouant ma serviette devant mon visage. Ils auraient pu croire que je m'étouffais. Ils ne bougèrent pas.

Nous n'avons qu'un seul Père –

Félix, s'il te plaît – le coupa tendrement Blanche.

Laetitia débarrassa sans qu'on eût rien à lui demander. Elle sortit des yaourts aux fruits pour le dessert. Éteint, je les laissai choisir et j'écopai d'un yaourt à l'abricot.

Oh, mon Félix, j'oubliais ! J'ai quelque chose pour toi – dit alors Blanche en se levant.

Elle revint avec un petit paquet. Je m'alarmai de sa forme, qui m'évoquait un crucifix. Félix le défit avec avidité.

Mon couteau ! s'émerveilla-t-il.

C'était bien ce modèle ? C'est le bon ? s'inquiétait faussement sa mère.

Oh, oui ! Oh, merci, merci, maman !

Il était debout et l'embrassait. Serrant la serviette entre mes doigts, à la lueur de la lame qui piquait mon œil, je sentis mon bras trembler. Et sans que je le décidasse tout à fait, mon poing s'abattit, furieux, sur la table. *Merde !* lâchai-je, comme quand de nos mains s'échappe une chose fragile et précieuse. Mon poing s'abattait tel un marteau pour briser du bois pourri, et je répétais *Merde ! Merde ! Merde ! Merde !* Je ne pouvais plus m'arrêter.

Allez dans vos chambres, papa et moi allons finir, dit la voix calme de Blanche sous mes jurons.

Aussitôt les enfants disparurent.

*

Les explications paranormales me paraissaient finalement les meilleures – les plus simples, les plus consolantes, et pour ainsi dire les plus rationnelles. J'y résistai cependant. Épuisé, je faisais tout pour garder les yeux ouverts, mais c'était très difficile.

Nous avions rangé la cuisine en silence, et Blanche m'avait pris par la main. Elle m'assit sur le canapé, s'assit en face de moi, sur le tapis, en tailleur, comme si elle allait entamer une séance de méditation.

Elle me demanda tout simplement si *ça allait.*

Non, ça n'allait pas, mais je ne savais plus comment le dire, comment parler devant elle sans m'étouffer pour de bon.

Ils grandissent – dit-elle. *Il faut les laisser grandir.*

Je voulais que l'on s'épargne un excès de considérations sur le temps qui passe et notre vieillissement. Je voulais qu'elle m'explique tout. Plutôt que d'attaquer frontalement le sujet *Stéph* ou le sujet *bible*, j'attaquai par le couteau. Qu'est-ce que c'était que ce cadeau hors de propos.

C'est Noël ? C'est son anniversaire ? Blanche, qu'est-ce que ça veut dire ?

C'était juste une petite surprise, comme la sainte bible qu'il lui avait réclamée en juin, et qu'elle lui avait offerte de bon cœur.

Et Stéph *? C'est pareil ? Un cadeau à Laetitia que tu as fait sans m'en parler ?*

Elle eut un petit rire aigu, pour moquer mon inquiétude paternelle.

Ta fille s'est fait déflorer, et alors ? C'est pas comme si elle était devenue pute, lâcha-t-elle tout dru.

Je ne la reconnaissais pas. Les mêmes sales petites mouches revinrent bourdonner devant moi. Je reculai pour essayer de les chasser, ça me suivait, je me sentais disparaître dans cette nuée noire. J'aurais pu les reconnaître un par un, ils tournoyaient là, les jours qui s'étaient jusqu'à présent déposés sur nos peaux, qui s'y étaient entassés, agglutinés, soudés. Qui avaient formé sur nous une croûte aussi translucide qu'imperforable, une armure invisible et visqueuse – et maintenant cette muraille volante.

Je bougeai les mains, Blanche crut que je m'affolais, elle dit *Je t'en prie, Étienne*, froidement.

Le bourdonnement continu des bestioles me répétait *C'est trop tard*, *c'est trop tard.*

Pour leur échapper, fendre l'obscurité qui me cernait, j'aurais voulu casser quelque chose, je tournais la tête en tous sens. Tout était trop loin de moi et obscur, je n'aurais pu me lever sans m'effondrer.

Devant ma nervosité, Blanche me demanda si je ne ferais pas mieux de *faire comme elle* et *voir un psy*. Pour cette nuit, elle pouvait *me filer un de ses somnifères*, et pour demain, *me prêter Martin*.

Je réussis à croiser ses yeux. Ils ne me regardaient plus comme l'homme avec qui elle avait vécu, mais comme vous regarde quelqu'un qui n'y croit pas. Ou plutôt comme quelqu'un qui n'y a jamais cru, et qui soudain tomberait le masque. Elle passait déjà sa vie sans moi, elle l'avait toujours fait – sans moi, sans personne, juste avec ses rêves et son dogue, dans les aboiements et les promenades.

Je ne bougeais plus. Elle n'insista pas.

Blanche, tu me vois ? Est-ce que tu me vois ?

J'avais besoin d'une réponse, d'une vraie réponse. Elle se contenta de secouer la tête, en lâchant un soupir agacé. Oh ce soupir – ce soupir me castra, m'éviscéra, me défigura, tout d'un coup. Elle venait de jeter et mes couilles et mon cœur et ma face dans les ténèbres. Elle voulait que je ne sois plus jamais aimable, moi qui n'avais pas su assez l'aimer.

Elle s'était levée, elle allait se coucher. Elle ne se tourna même pas vers moi pour m'annoncer *qu'elle avait rendu la pétition au voisin*. Il était venu sonner quand Martin était là.

Et, juste avant de quitter la pièce, sans s'arrêter :

J'ai signé pour nous deux, comme ça on sera tranquilles. Bonne nuit, dit-elle.

*

Les ombres se dissipèrent lentement, très lentement. Je regardais la baie. J'y aperçus le reflet d'un homme que je jugeai vieux, assis sur un confortable canapé, dans un joli salon. J'aurais dû me précipiter sur lui, fracasser la vitre de mon crâne, et ne pas arrêter pour autant ma course, basculer par-dessus notre balcon, m'écraser cinq étages plus bas. On ne pourrait quand même pas nier mon cadavre.

Plus rien ne vibrait dans l'air que le grésillement d'un *Pourquoi* semblable à celui d'un vieux néon tremblant. À mon reflet, je jetai un dernier regard en même temps qu'un cri muet, froid, bref, au tréfonds de moi.

Lui aussi, il riait.

Au milieu de la nuit, j'en étais encore à faire le compte de toutes les petites trahisons, à peser mon inconsistance et mesurer ma faiblesse, en moine qui égraine à l'infini ses péchés mortels. De ces calculs, j'en arrivais à des délires. Est-ce que vraiment de grandes forces existaient, qui s'étaient réveillées. Est-ce que vraiment de grandes forces s'étaient rappelées à moi, que j'avais ignorées, qui ne me le pardonnaient pas. Est-ce qu'un démon me faisait la guerre.

Parvenu à ce genre de considérations, je compris que, pour ne pas me réveiller tout à fait fou, j'avais besoin de dormir un minimum. Sur sa table de nuit, je pris à Blanche un cachet.

M'endormant brutalement, j'aperçus un homme qui tombait sans douleur, qui dégringolait d'un escalier gigantesque, il dégringolait depuis toujours, l'escalier descendait toujours, et lui tombait, tombait, tombait. Preuve que les rêves ne sont que des perroquets malades, des miroirs dépolis. Preuve qu'il faut s'être saoulé d'illusions pour les prendre pour des devins et des sages. Évidemment, cet homme était moi, mais où en étais-je dans l'escalier, jusqu'où descendait-il – comment un rêve aurait-il pu me le dire.

THOU KNOWEST, LORD,
THE SECRETS OF OUR HEARTS

Il n'y avait plus personne dans l'appartement lorsque je me levai, aucun mot, aucun message. Le silence, et moi parmi les choses.

Des semaines pourraient passer ainsi. Blanche promènerait son chien, Laetitia et Félix iraient et viendraient, il y aurait nos brefs dîners ensemble et mes réveils solitaires – une routine où la réalité lentement fondrait. Moi, je tomberais de plus en plus dans des trous où rien n'existe. Debout sous la douche ou dans la cuisine, assis au labo ou dans notre canapé, allongé sur le tapis ou accroupi aux WC, des trous naîtraient sous moi. J'en sortirais chaque fois un peu plus groggy, un peu moins sûr de vivre.

Un matin, ne me resterait qu'un os de cauchemar à ronger, on m'enfermerait loin des miens, tout serait fini.

*

Au labo, je vis des gens pleurer. Jean s'était pendu. C'était arrivé la veille, il s'était pendu dans son bureau, pour son dernier jour.

Est-ce que ça devait me rendre triste. Je ne voyais toujours pas qui c'était.

Dans la matinée, quelqu'un accrocha une photographie de lui dans le couloir, juste en face de mon bureau. Revenant d'une tournée d'injections, je le reconnus. JEAN JANOWSKI, 1962-2022. Sur cette photo, il ne portait ni moustache ni lunettes, n'avait que quelques années de plus que moi – mais ce ne pouvait être que lui. Il avait déjà l'air *pas mal mort*. Ça faisait très longtemps qu'il était *dans la boîte*.

Avait-il eu le temps de fêter ses 60 ans. La rime des chiffres me donna l'impression d'une certaine fatalité, comme s'il était arrivé à une date de péremption, que ç'avait été son moment, *le bon moment*. Dans leur perfection, les chiffres rendraient toujours les choses plus acceptables.

Je me souvins alors de sa corpulence. Je m'étonnai que les barres métalliques cachées sous le faux plafond eussent tenu. C'était quand même du matériel solide.

J'aurais dû remercier Jean pendu. Il y avait plus grave que mes problèmes domestiques. Jean pendu avait atteint un degré bien plus élevé que moi sur l'échelle de la catastrophe.

Je fus tenté d'appeler Blanche ou Laetitia pour les informer de ce drame. C'était risible, j'avais moi-même suicidé mon smartphone, et je ne leur avais jamais parlé de Jean. Il ne m'aurait servi à rien d'emprunter celui de quelqu'un d'autre, je ne connaissais plus aucun numéro par cœur. Le soir venu, je pourrais demander à Félix de prier pour le salut de l'âme de Jean. Je craignis néanmoins son refus. L'Église n'en était plus à promettre la damnation à tout suicidé, mais mon garçon, où en était-il.

En fin de matinée, quelqu'un plaça un guéridon sous la photo punaisée, d'autres apportèrent des fleurs. Quelqu'un demeurait silencieux, fixant l'image de Jean. Attendait-il de lui un mot d'adieu, une explication – un conseil, un oracle. Je revenais des chambres d'expérimentation à mon bureau, à moins que je ne revinsse d'aller pisser. Je poussai le plus discrètement possible ma porte.

Je ressortis moins d'une demi-heure après. Dans les comptes rendus de mes collègues, les mots se mettaient à danser, j'avais beau cligner des yeux, ils bougeaient. J'avais besoin d'une grosse pause.

Plus d'une dizaine de personnes s'agglutinaient déjà autour du petit autel. Elles se taisaient, certaines pleuraient, certaines se tenaient par les épaules, voire par la taille. De nouvelles fleurs encombraient le guéridon, des brassées de feuilles en dégueulaient. Le mélange de leurs parfums trop forts attaquait mes narines, la tête me tourna, je butai contre la muraille de leurs regards.

Je sors, j'ai chaud, mais après je reviens, m'excusai-je sottement, à voix trop haute.

Mon front transpirait pour de vrai. Leur hostilité densifiait l'air, j'aurais pu la toucher. La collègue du *jeune couple* me lança de son œil vert un éclair de mépris. Je la décevais.

Elle me déçut aussi.

Moi aussi, j'étais malheureux, même si ça ne se voyait pas. Moi aussi, il fallait que je m'occupe de mon malheur.

J'aurais voulu retrouver la même forêt. Les arbres s'y taisaient pareillement, mais ce n'était pas la même, je ne retrouverais pas le même arbre.

Eux aussi avaient souffert des canicules estivales, ils souffraient de ce presque été indien, leurs feuilles étaient pâles, légèrement recroquevillées. Malgré ça, ce qui frappait, c'était la vie que ces grands êtres droits faisaient rayonner, comme d'immenses lampadaires vivants, qu'ils signalaient, comme des phares. L'automne approchant, ils jetaient dans le grand jour toute leur énergie, rendant généreusement à la lumière la lumière accumulée. Ils me regardaient marcher, ils m'écoutaient déjà. Je devais leur faire piètre impression.

Mais j'entrai dans cette nouvelle forêt, et quelque chose eut lieu.

*

Il était jeune, jeune pour un arbre, car il avait peut-être mon âge. Il avait un tronc fin et lisse.

J'avais passé la mi-temps de ma vie, alors que lui, pas du tout, lui n'était qu'à l'aube de son existence pluriséculaire – du moins si l'humanité le laissait en paix, du moins si le monde continuait. C'était un orme, un charme, un hêtre, quelque chose dans ce goût-là, je n'étais jamais arrivé à les différencier.

Dans un reportage, j'avais vu des Japonais payer très cher des stages pour apprendre à serrer entre leurs bras de gros arbres dont ils étaient censés puiser vie et paix. J'espérais bien ne jamais être assez niais pour dépenser notre argent pour un truc pareil, mais je les imitai sans réfléchir, parce que je n'avais personne d'autre à embrasser.

Je me plaquai contre lui comme contre le torse d'un immense ami. Ses feuilles bruissaient légèrement, c'était le hasard, bien sûr, mais ça me fit autant de bien que s'il s'était agi d'une réponse. Je ne sentis pas le cœur de mère Nature battre sous la dure écorce – non, évidemment. Mais je sentis je ne sais quoi venir du fond de lui, traverser sa peau et la mienne, m'emplir doucement.

Je ne sais si l'on peut qualifier d'*expérience mystique* ce qui m'arriva, mais ce fut puissant. Félix ne m'en aurait pas moins jugé païen, mais, pour moi, ce fut vrai. Ce fut une des vraies choses de ma vie.

Je fus conscient que j'allais crever un jour, parce que c'était la loi de ce monde – mais aussi par ma faute, au nom de tout ce que j'avais moi-même contribué à faire crever. Et ce n'était pas désespérant. Parce que, en moi, vibrait un noyau de vie indestructible, une part invisible que je suis incapable de nommer ni définir, mais qui rejoindra – qui rejoindra ne me demandez pas comment – les forces invincibles de la vie invincible.

Ce fut, brièvement, une certitude absolue – et plus qu'une certitude. *J'étais. J'étais*, c'est tout. Parce que je portais moi-même cette force immense, éternelle, qui résidait dans tout. Puis cela s'évapora, ou cela se noya en moi, cela redevint une simple pensée, une idée, une idée farfelue, j'étais redevenu mortel et inutile.

L'idée même ne me revient aujourd'hui que par intermittence, rarement, dans un effort. Pour raviver ce souvenir, il a fallu plonger profond en moi, tout retraverser encore, ça fait mal.

Soudain, accroché à l'arbre, je hurlai :

Étienne Baron ! Je suis Étienne Baron !

Je pleurais, j'étais tombé à genoux, je salopais encore mon pantalon, ça n'avait plus aucune importance. Pleurant recroquevillé contre l'arbre, je sortis de ma poche la boule de terre, elle était toujours là. Je la malaxai encore, pour la rendre la plus dure possible.

Si on m'avait surpris, si quelqu'un m'avait demandé ce que j'étais en train de foutre, j'aurais tout nié, j'aurais inventé n'importe quoi, je me serais sans doute enfui.

Je ne pouvais m'empêcher de regarder l'arbre comme si c'était quelqu'un, quelqu'un avec qui j'étais lié, un lointain cousin – sans aller jusqu'à lui dire à haute voix *Excuse-moi* ni *Merci*. Je laissais mes yeux suivre sa forme jusqu'au faîte, où le bout de ses plus hautes branches pompaient le bleu du ciel, son bleu épais, son bleu magnétique.

Puis mes yeux redescendirent le long de la lumière ligneuse de l'arbre, qu'il faisait courir jusqu'à la terre, qu'il faisait entrer dans ces profondeurs d'où il parvenait à extraire une autre lumière, une lumière d'outre-tombe, une lumière dont je ne connaissais rien.

Dans des larmes, je me suis dit *Pourquoi pas – Essayons d'aimer un peu les arbres.*

Il me parut évident qu'il était au courant pour la mort de Goldman.

Il portait fièrement toute la tristesse de la Terre, il l'élevait jusqu'au ciel, il en faisait de la lumière.

Je me sentais légèrement shooté.

C'est en roulant vers la ville que me revint avec clarté mon rendez-vous. Je ne pouvais pas retourner au labo, il fallait me préparer, il fallait que je sois prêt.

J'entrai dans un café, je ne sais où. Dans la petite rue défilaient beaucoup de barbus – rabbins, islamistes, clochards, hipsters, c'était parfois difficile de se prononcer. La vitrine donnait sur celle d'une salle de musculation. Devant moi et mon martini double, sur son tapis roulant, un homme courait à toute allure sans avancer d'un pas.

D'un aquarium à l'autre, en un drôle de miroir, nous formions un duo clownesque, Monsieur Muscle et moi. Il avait beau regarder droit devant lui, il ne me voyait pas. Il courait, et je me demandais à quoi nous jouions, lui, moi, tout le monde.

Son mouvement perpétuel était entouré de lourdes machines, certaines inactives et menaçantes, mécaniques taureaux à la sieste, et d'autres plus effrayantes encore, actionnées par des individus prisonniers d'elles, par eux prenant vie, vampires d'acier prêts à pomper jusqu'à la dernière goutte l'énergie de ces homoncules qui suaient entre leurs bras.

Je fixai le coureur immobile, puis lui souris en levant mon verre. Enfin, il m'avait vu, sourit. Une fois mon verre à demi vidé, je le regardai de nouveau et fus pris d'un fou rire.

Arrachant ses écouteurs, il se mit à beugler contre moi. Il grimaçait, secouait la main avec mépris, m'ordonnait de dégager. Je restai stoïque d'abord, il s'emporta davantage, manqua de tomber. Alors, il arrêta sa machine, en descendit en s'épongeant le front, s'avança vers la vitre et, cruel, barra son cou de l'index.

Je vidai d'un trait mon verre, me levai en gardant les yeux baissés, payai, partis.

Je marchai vite, longtemps, sans me retourner.

*

Entré dans d'autres bars, je me concentrai, sans rien voir au-dehors, sur les conversations. L'impression se faisait de plus en plus nette que les clients qui, côte à côte ou face à face, se parlaient ne se connaissaient pas, ou de moins en moins. Chacun parlait pour soi-même, chacun faisait son one-man-show dans son coin.

Une envie fugace me prit de monter sur la table et de chanter ma chanson. Je suis sûr que ça ne les aurait pas surpris plus que ça. Je suis sûr que beaucoup m'auraient jalousé. Le moment viendrait. Je me mis à espérer que le moment viendrait.

Dehors, un pont m'invitait à changer de rive. Je descendis vomir sur le quai.

Longeant le bord de l'eau, je m'accordai une pause dans des gradins de béton qui dominaient des jeux d'enfants. De l'autre côté de la presqu'île, sous la colline de Fourvière, volaient des mouettes qui laissaient deviner l'autre fleuve. Devant la meringue de la basilique luisaient de brusques faisceaux éblouissants, le soleil rebondissait sur les téléphones des touristes, on aurait cru des appels au secours.

Je me regardais depuis l'église blanche, je me regardais depuis le jour d'avant. Je m'y envoyais des signaux non de détresse ni d'encouragement, des saluts, de simples et gentilles preuves d'hier.

J'entendis une explosion, très loin, sourde – semblable à un avion qui franchit le mur du son. Le sol avait tremblé. Deux moineaux s'envolèrent. Les enfants continuaient à jouer tranquillement.

*

L'ambiance de la ville me parut tout à fait étrange, il s'y préparait quelque mauvais coup. J'interprétais le moindre signe. Cette jeune femme qui serrait son sac à main. Le clignotement trop régulier de la croix verte d'une pharmacie. Ce pigeon estropié qui ne s'envolait pas. Tous les passants étaient complices et chacun se rendait à son poste de combat. L'ère des gentils était terminée.

Encore barbouillé, je dus prendre de grandes inspirations, sur plusieurs pas, de longs pas. Quelques voitures de police et un fourgon d'ambulance passèrent en trombe. Mais moins d'une minute après, leurs sirènes n'étaient plus qu'un tintement de jouet, là-bas.

Dans la vitrine d'une librairie, je lus les titres de quelques nouveautés. *Réussir sa rentrée. Nager parmi les requins. Comment faire face. Pourquoi faire avec.* J'eus la sensation de réciter une malédiction sur moi-même. *Tout changer en 40 jours. Transformez-vous. Sept leçons pour mettre de l'ordre dans sa vie. Les Premiers Secours.* J'avais envie de prendre tout mon récent malheur dans les bras et de le serrer, de le serrer très fort contre mon cœur.

Sur le sable rose de la place Bellecour, je m'agenouillai un moment, vaincu.

Les gens marchaient sans me voir. Ils me contournaient comme ils contournaient la statue équestre du roi Soleil. Je n'étais qu'un nouveau perdant sur leur chemin.

Quel dommage que je ne fume pas, songeai-je, enfermé dans la place et mes regrets. J'aurais eu en cet instant, j'aurais eu en chaque instant, jusqu'au bout, un but à ma portée – un moyen pour consumer lentement le temps. Où que je fusse, mourir un peu, tranquillement.

Contrairement à la règle psychologique qui veut que le réel nous paraisse toujours plus petit qu'en notre mémoire, la place me paraissait beaucoup plus grande, gigantesque. C'est moi qui avais rapetissé. Je manquais de force, de poids, de mots. Les mots m'avaient toujours manqué. C'était ce qui manquait le plus au monde, c'était la seule chose véritable et bonne que l'homme y pouvait ajouter, et moi je les avais négligés, je n'y avais pas cru.

Nous venions souvent, Blanche et moi, ici avec les enfants, quand ils étaient petits. C'est là qu'ils avaient appris à faire du vélo sans roulettes et que Laetitia s'était essayée aux rollers. Je me préparais à voir un de mes souvenirs surgir vivant, briser mon présent maigre. Félix, fier comme un astre, allait pédaler vers moi en criant de joie, *Papa ! Papa !*, et Laetitia, après sa première chute, de grosses larmes perlant déjà sur ses joues, m'appellerait au secours, *Papa ! Papa !*.

Ma famille – pensai-je tout haut.

Dire *Ma famille* mouilla mes yeux, comme les héros des films américains. Sans elle, j'étais un astronaute flottant dans l'espace, séparé de tout champ gravitationnel.

Heureusement, l'heure du rassemblement ne cessait d'approcher.

J'avais beaucoup bu, beaucoup marché, j'avais mal aux jambes, je n'avais plus du tout soif. Poursuivre en tram me parut le plus sage. Ce n'était pas le moment qu'il m'arrive encore quelque chose.

Regardant partout la ville, je ne parvenais plus à la considérer comme *la mienne*. Je la quittais déjà, je n'avais fait qu'y passer – je venais d'ailleurs, de loin, de très loin.

Le tram passa sous l'énorme coléoptère rutilant que forme le musée neuf, où les deux fleuves s'embrassent. J'y vis luire tout le bleu du ciel, découpé. Toute la lumière était en morceaux. Ce n'est qu'en fin d'après-midi que le temps commença de se couvrir, très légèrement. De petits nuages passaient, très haut.

Rien ne me paraissait habituel. Ni que l'automne déjà s'avance, ni les visages des très vieux assis aux places réservées dans le tram, et dont chaque ride répétait en ricanant *Ça passe vite, tu vois, on te l'avait bien dit que ça passait vite.* Malgré la clim, je sentais la sueur dégouliner dans mon dos.

Le tram pénétrait dans la presqu'île comme une lame blanche dans un fruit blet. Extensions locales du Futuroscope ou folies d'empereur décadent, nous dépassâmes les mastodontes architecturaux angulaires et colorés. Ça n'était pas laid, c'était inhabitable. Moi, je croyais faire respirer à tous, exhalé de ma poche, un parfum sauvage de terre, aussi incongru pour leur nez qu'à leurs oreilles aurait été le feulement d'un tigre ou un *Kyrie.*

Je lisais, sans vouloir, les publications de ces écrans accrochés au plafond, qui diffusaient informations touristiques, horoscope, actualités, météo, tous les mensonges. Étaient annoncées *une journée pleine de promesses* et de *belles rencontres* pour les Scorpions – ainsi qu'un gros orage pour le lendemain après-midi.

*

Dehors, le soleil buvait tout, le soir ne tombait pas. Je transpirais toujours, je fondais avec la ville.

Tandis que j'attendais un nouveau départ dans un tram presque désert monta devant moi un visage qui, *pour la première fois*, ne m'était pas inconnu. Ce n'était pourtant ni mon fils, ni ma fille, ni Blanche, ce fut le visage d'un ami. J'en étais certain, et bien ébahi, moi qui ne me souvenais d'aucun.

La main que je sortis de ma poche pour aller le saluer était terreuse, creusée de lignes noires. Je m'approchai en la cachant.

Arnaud – murmurai-je malgré moi.

Bien qu'en cette heure, les genoux couverts de poussière et les joues d'une barbe négligée, puant la sueur, les yeux vitreux et l'haleine saoule, je dusse lui paraître un peu louche et beaucoup plus vieux, l'homme avait exactement mon âge et me connaissait.

Il portait une petite serviette de cuir, un borsalino noir, une chemise parfaitement blanche sous une veste de velours d'un doux marron, un jean parfaitement ajusté. Ses souliers cirés luisaient. Mais ce n'était pas ce que je voyais.

Je revoyais l'enfant, l'être d'avant la mutation commandée par les hormones, le garçon à qui la vie avait fait porter un costume de chair plus épais et plus grand. Malgré ces deux déguisements, son bel accoutrement civil sur son corps agrandi, je reconnus, abîmé de force et beauté viriles, le garçon qu'il avait été – le seul ami que la vie m'avait donné.

Arnaud, répétai-je plus assuré. Il m'entendit.

Il me regarda, sans être en rien gêné de mon auscultation continue, il avait déjà dû reconnaître quelque chose de ma voix, une intonation d'avant sa mue, il ne parvenait encore qu'à voir en moi un parfait étranger. Malgré ma gueuse allure, il fit effort, un pli sur son front, une tension de ses joues l'indiquèrent.

Il n'était pas bien sûr, il ne pouvait pas y croire. *Pardon, je ne vois pas*, me dit-il, la voix pleine d'excuses.

Je suis Étienne Baron, proclamai-je si fort que deux adolescentes levèrent sur moi un œil consterné.

Oui, Étienne ! s'exclama-t-il, comme pour me féliciter, comme pour m'encourager à être encore moi, à recoller ce personnage en miettes.

Aussitôt il redevint celui qui montait s'asseoir à côté de moi sitôt que le car le prenait dans son hameau, celui que la bonté du sort administratif mit dans ma classe quatre années durant au collège de Bournay, celui qui ne confia qu'à moi qu'il écrivait des poèmes. Auprès de qui je ne trouvais rien à dire d'intéressant, et qui tolérait pourtant ma présence. Celui qui m'abandonna.

Il fut cause de tant de larmes solitaires. Durant maintes récréations, je me cachai dans les toilettes de faïences bleu pâle du lycée Camus, pour pleurer son absence. Reçu dans un autre lycée que celui de Saint-Roch, il m'écrivit plusieurs fois, je lui répondais, puis il ne m'écrivit plus. J'envoyai encore de courtes lettres. Je ne sais au bout de combien j'abandonnai définitivement, me rendant au verdict imaginaire que je lui attribuai, selon lequel j'étais trop puéril et trop campagnard pour le lettré urbain qu'il était devenu.

Étienne ! répéta-t-il. *Ça alors !*

À son tour il m'ausculta. Il le fit plus discrètement, de plus en plus discrètement au fur et à mesure qu'il découvrait les traces indubitables de ma brusque déchéance. *Qu'est-ce que tu deviens ?* ne put-il s'empêcher de demander.

Tu vois – répondis-je cruellement, pour me venger de son lointain abandon et instiller en lui le poison de la culpabilité.

Il se tut.

Et toi ? lui retournai-je comme s'il ne s'agissait que de faire de pauvres rimes, de pauvres vers de deux syllabes, dans ce *T1* à destination de *IUT – Feyssine.*

Il se livra avec plaisir, volubile, enjoué, content de parler de lui. Il me raconta qu'il avait été professeur, je ne regardais pas au-dehors, je ne regardais que lui, je n'entendais plus que lui – et la voix enregistrée annonçant les arrêts successifs.

Il ne s'était pas marié, il vivait seul dans un petit village, Lagnin, à côté de Saint-Roch, pas loin du tout de Bournay – la voix annonça *Quai Claude-Bernard* –, pas loin du tout des villages où nous avions grandi, où ses parents et les miens vivaient toujours.

Après le lycée à Grenoble, il avait poursuivi ses études à Paris, Henri-IV, la Sorbonne, il n'avait pas cessé d'écrire – la voix annonça *Rue de l'Université.* Il avait passé les concours de l'enseignement pour faire quelque chose de sa vie, il avait tout de suite été nommé dans l'académie. Il avait retrouvé la campagne – la voix annonça *Saint-André* –, il était certain d'avoir tout raté, à l'époque il n'écrivait que des merdes, il avait reçu beaucoup de lettres de refus, et un jour il avait reçu un coup de téléphone d'une éditrice.

Jusque-là, il avait été remplaçant – la voix annonça *Gabriel-Péri* –, le rectorat l'avait fait rouler dans tout le Nord-Isère, il s'était retrouvé face à toutes sortes d'élèves, et puis il avait été nommé à Camus, au lycée qu'on lui avait fait fuir. Il y avait passé *de belles années*, il y était devenu *un prof un peu moins nul*, et puis il avait eu *des soucis de santé*, il avait démissionné.

Il avait publié déjà plusieurs livres, il me demanda si je l'avais su, il ne parut pas s'offusquer que non – la voix annonça *Liberté*. Il sortait d'une journée à la bibliothèque, il mettait *la dernière main à son prochain chef-d'œuvre*.

Il en avait fait, des choses. Sans temps mort, plus modeste et plus sérieux, il voulut revenir à moi, il y revint frénétiquement.

Et toi, alors, et toi, et toi ?

Il insistait.

Qu'est-ce que tu fais ? T'es marié ? T'as des enfants ?

Je tournai mon visage vers la vitre. La ville était floue, engloutie sous la lumière. En défilaient des morceaux épars, qui croulaient les uns derrière les autres, entre de toujours plus envahissantes taches blanches. J'étais incapable de lui répondre – la voix annonça *Saxe-Préfecture*.

Ça va pas fort, n'est-ce pas ?

Je ne savais pas s'il parlait du énième malaise qui me guettait ou s'il avait deviné l'effondrement de ma vie entière.

Le monde s'éteignit-il encore, devins-je sourd, ce fut un long silence entre deux arrêts, pendant lequel je retenais mes larmes, crispais mon visage. Sa gêne était visible, il regarda sa mallette, il se concentra peut-être sur le succès imaginaire de son texte, sur un nombre rêvé d'exemplaires vendus, sur quelque fantasmatique cérémonie de remise d'un prix prestigieux. Tout valait mieux que de laisser le pathétique de la scène gonfler son mépris à mon égard.

La voix annonça *Palais de Justice-Mairie du 3*ᵉ – et tout à coup, dans un élan de sincérité soudaine, enfantine, il releva vers moi un visage plein de sympathie.

J'ai justement pensé à toi y a pas longtemps !

Je m'en doutais – répliquai-je, retrouvant un minuscule éclat de joie dans la bouillasse où je sombrais.

Sa parole rattrapait tout. Je n'étais plus seul. Quelqu'un se souvenait de qui je fus. J'avais un dernier ami qui, sans que j'eusse rien à lui confier, à des kilomètres et à des années de moi, savait parfaitement deviner mon chagrin. Où qu'il fût à l'annonce de la mort de Goldman, mon bon souvenir avait rejailli en lui.

La mort de Goldman ? T'es sérieux ? Non, rien à voir !

Les portes allaient s'ouvrir – la voix avait annoncé *Gare Part-Dieu.* Une masse humaine s'apprêtait à monter, et ce n'est qu'alors qu'il réalisa qu'ici était son arrêt. Il avait un train à prendre, sa voiture l'attendait à Bourgoin-Jallieu. Au milieu de ses excuses accélérées, il me lança, hilare, s'être récemment rappelé qu'au lycée Camus, à côté de la salle A06, *il avait un jour cru lire mes initiales gravées sur la porte des chiottes.*

T'es sur Facebook ? eut-il le temps de me demander dans un feint espoir, juste avant la fermeture automatique.

Derrière la vitre, je secouai la tête pour faire non. Son visage mimait la déception, il s'éloigna sans bouger – c'est moi que le tram emportait en suivant ses rails, tout au bout de la ligne.

Descendu à un énième terminus, je vis un groupe de personnes qui avaient l'air d'être *une bande d'amis* se diriger vers une entrée de métro. Il était enfin l'heure. Je fis le pari qu'ils se rendaient ensemble où je voulais aller, et m'engouffrai à leur suite.

Ils prirent la direction de Perrache. Dans la rame, j'eus la confirmation que je ne m'étais pas trompé. Plusieurs grappes de lycéens et d'étudiants chantaient déjà ses chansons. Un jeune homme avait sur un tee-shirt blanc écrit au feutre rouge *JJG for ever*, et trois jeunes femmes s'étaient enserré la taille d'un drapeau tricolore. L'ambiance était bon enfant.

Dès l'arrêt suivant (Masséna), les nouveaux venus, de jeunes parents accompagnés de leurs petits, reprirent avec cette jeunesse ses refrains les plus connus. Un arrêt après (Foch), des quinquagénaires nous rejoignirent, et beaucoup de cheveux blancs, et toutes les générations furent représentées. Au troisième arrêt (Hôtel de Ville), comme à un terminus, la rame se vida presque toute, je n'eus qu'à suivre le mouvement.

Nous y serions bientôt tous, nous serions de nouveau tous ensemble.

J'avais fixé quelques joyeux étudiants en entrouvrant les lèvres, comme si je fredonnais avec eux. Par pitié pour mon allure misérable et mon âme esseulée, ils me firent signe de les suivre.

Ils m'entraînèrent au Café 203. Sur ses banquettes rouges, heureux de me sentir entouré par tant d'amis inconnus, je les régalai de deux tournées de bières et, profitant de l'*happy hour*, d'un cocktail à la tequila. Me réalcooliser était un effort nécessaire, je voulais tenir le coup. D'une part, je craignais que la mélancolie ne m'écrabouillât comme un cafard sous sa semelle – d'autre part, je souhaitais pouvoir sans retenue prendre tous ces inconnus dans mes bras pour les serrer fraternellement contre mon cœur.

Voilà que j'espérais. J'espérais je ne savais quoi, que tout soit réparé, que tout aille mieux, pour nous tous – mais surtout pour moi : que je me sente bien, que je ne sois plus seul, que je sois heureux.

Afin de n'effrayer personne, je m'efforçai de ressusciter une mine avenante et une biographie digne, assortie de quelques prétextes. La liste de mes chansons préférées me raconta mieux.

Lorsqu'une cloche annonça la demie de huit heures, pleins de boisson et d'émotions, nous nous levâmes pour rejoindre l'événement. Dans trente minutes, tout commencerait.

Des flèches nous guidaient, la joyeuse jeunesse et moi, vers le rassemblement – des flèches blanches sur fond vert, pareilles à celles qui indiquent les issues de secours. Après le passage des portiques de sécurité et la fouille, la foule me noya.

J'avais déjà perdu mes bons compagnons.

*

Cinq mille, sept mille cinq cents, dix mille – combien étions-nous. La place des Terreaux était comble, la foule se tassait, débordait. Certains, trempés, avaient escaladé les chevaux de la fontaine, une jeune fille triomphait sur des épaules de pierre. Aux fenêtres des hautes façades, on s'agglutinait. Se racontait que les habitants avaient loué les places, de délirantes estimations de prix circulaient. Dans cette masse, encouragé par la rencontre surprise d'Arnaud, je cherchai des visages connus. Je restai bredouille.

Devant le musée des Beaux-Arts, obturant son entrée, s'étalait, monumental, *l'écran géant*. Des projecteurs puissants effaçaient la nuit. Ils nous rendaient tous un peu blafards, et malgré les bonnes vibrations de notre émotion commune et sincère, une vision surplombante de la foule aurait effrayé n'importe qui. Nous formions, dans le crépuscule, une armée de spectres.

Pourtant notre recueillement n'avait rien de sinistre ni de sérieux. Mais nous ne nous agitions pas. Nous fûmes sages et d'abord très patients.

Ça n'était en rien l'un de ces *mouvements* évoqués l'avant-veille par Balthazar, c'en était l'inverse, une sorte d'*immobilité massive.* Qui sait, tout pourrait quand même partir de là, ça pourrait commencer comme ça. J'arrivais à en avoir envie.

Chacun se sentait lié à tous ceux qui l'entouraient. On faisait attention à ne pas se bousculer, on se souriait. Nous formions un *peuple.* Nous venions dire au revoir et merci, nous venions dire adieu à l'un des fils de la classe moyenne.

Nous y étions tous. Un scanner sociologique m'aurait peut-être facilement démenti, ça n'avait aucune importance. Ils s'étaient rassemblés là, les orthodontistes du boulevard des Belges et les femmes de ménage de La Duchère, les profs et les cadres sup, les agents de sécurité, les kinésithérapeutes, les étudiantes en psycho et les épiciers.

Un vent passa qui remua les cheveux et fraîchit l'atmosphère. Serrés, nous nous tenions chaud. L'alcool m'avait rendu lyrique sans vaincre ma timidité. J'étais moins lucide mais pas plus chaleureux. J'atteignis toutefois la sensation que de nouvelles oreilles m'avaient été greffées partout autour du crâne.

Il faudrait profiter de ce moment exceptionnel pour lier connaissance, me faire de nouveaux amis, trouver un nouvel endroit où dormir. Je pourrais y séduire ou m'y laisser séduire, chercher une femme à qui plaire et un début de vie neuve.

Je me disais *Après*. Je me disais *À la fin*. J'aurais dû boire davantage.

En réalité, je dois m'en prendre moins à une insuffisante consommation qu'à une forme de paresse. De paresse, et non de cécité : la beauté des femmes, je la voyais – comment ne pas la voir. Si j'avais été jusque-là fidèle, c'était et par habitude et par paresse. Les occasions avaient manqué, mais je n'avais fait aucun effort pour en créer. Maintenant, je ne savais plus bien comment m'y prendre.

Je restai ballot, incapable d'adresser la parole à qui que ce fût. Mais j'entendais tout.

*

Quand un couple ou un groupe se faufilait entre les grappes pour mieux se positionner face à l'écran, moi qui m'étais glissé parfaitement au centre, j'étais pris comme en de doux mouvements de houle, et je me déplaçais sans même m'en rendre compte. Nous étions un même fluide – cette sensation était très agréable. J'allais ainsi, porté par ces calmes vagues, d'une conversation à l'autre, lorsque je me fixai près de jeunes gens qui devisaient en buvant des bières locales, parfumées à l'hibiscus.

Dans leur groupe, il y avait une jeune fille un peu boulotte, et sans doute un peu simplette, à laquelle tous les autres – qu'elle prenait pour des amis – faisaient croire absolument n'importe quoi sur Jean-Jacques. *Il n'était pas mort, il allait sortir un nouvel album. C'était un coup de comm, c'était pour se moquer des journalistes. Il allait interpréter ses nouvelles chansons. Il allait réapparaître ce soir, peut-être à Lyon, là, devant elle.*

Mais c'est pas possible, c'est pas possible – leur répéta-t-elle d'abord, en faisant ballotter ses bonnes joues. Comme ils insistaient, comme ils étaient tous ligués contre elle, comme ils avaient l'air sûrs d'eux, elle douta très rapidement.

Mais ça lui ressemble pas –

Ça fait vingt ans qu'il a pas sorti d'album ! Vingt ans ! T'imagines !

Oui, mais sur Wikipédia c'est marqué qu'il est mort –

Parce que tu crois Wikipédia ? T'y crois, vraiment ?

Je ne l'entendis plus, elle devait les regarder, un à un. Elle ne devait voir sur eux que le masque de la foi. Alors, entre deux silhouettes, je la vis sourire – d'un sourire qui illumina son visage ingrat, qui la rendit presque jolie. Elle demandait, ou plutôt quémandait *C'est vrai ? C'est vrai ?* mais personne ne lui répondit.

C'est génial ! proféra-t-elle. *C'est trop génial !*

Et quand, la voix vibrant de joie à la résurrection de son idole, elle eut un geste pour leur saisir les bras, ils éclatèrent tous de rire.

Mais non, Delphine ! C'EST UNE BLAGUE ! hurlèrent-ils tous ensemble, comme s'ils avaient l'habitude de ce refrain.

Ils riaient, et je ne l'entendis plus. Je cherchai à l'apercevoir, mais quelqu'un s'était déplacé, je n'y arrivai pas. Puis j'entendis un gros rire rejoindre les autres et, me tordant le cou, je la vis. Elle riait avec eux, mais ses yeux brillaient de larmes. Elle riait qu'il fût bel et bien mort, elle pleurait qu'ils se fussent tous encore foutus d'elle.

J'aurais voulu aller la prendre dans mes bras, cette grosse fille stupide. Je ne le fis pas. De quoi aurais-je eu l'air.

Je me sentis si proche d'elle. Ne venait-elle pas de me délivrer d'une énigme, n'aurais-je pas dû me faufiler jusqu'à elle pour vraiment lui baiser les mains. Car à moi aussi, Delphine, on m'avait raconté des blagues, on m'en avait tant raconté. Tout n'avait été qu'une blague.

Pâle, la pleine lune venait de se lever au-dessus du musée, à l'opposé d'épais nuages où mourait le rose. Elle me fit l'effet d'une tête décapitée, exsangue, d'un visage sans amour qui flottait absurdement dans la nuit et m'observait.

Je tentai de me concentrer sur d'autres conversations, comme on module une fréquence pour capter une autre station. J'y arrivai, mais sans pouvoir fixer mon attention, je passais sans cesse d'un dialogue à l'autre – je tombais sans cesse sur d'autres mensonges. Je m'épuisai à chercher parmi nous une parole bonne et solide. Les seules paroles vraies furent d'impatience, j'en devenais plus impatient à mon tour. Les phrases se superposaient, se brouillaient. Ce brouhaha général me devenait pénible.

Je serrai les deux poings contre ma poitrine, contre mon cœur manchot, je le sentis se comprimer et durcir. Se changeait-il en pierre à la lumière fétide de la lune, inutile au-dessus de la puissance des ampoules, se changeait-il en petit caillou, je ne résistai plus. Je me tenais fermement le sein pour qu'il ne roule pas au fond de moi, qu'il ne roule pas comme une bille au fond de mes entrailles – que je ne chie pas demain le caillou de mon cœur confit dans mon caca.

Il fallait vraiment que quelque chose commence. Vite, que quelqu'un remarque mes larmes, qu'un inconnu s'adresse à moi.

À mon côté, un homme bâilla – quand un compteur s'afficha qui égrena les dix dernières secondes.

La foule cria d'un seul cri chaque chiffre. De dix à zéro, ce furent dix cris et une explosion de joie. Moi, ma bouche s'était ouverte, aucun son n'en sortit qu'un pauvre sanglot que personne ne put entendre. Mon menton tremblait.

*

Était-ce Jean-Marie Bigard, était-ce Patrick Sébastien, le présentateur déchaîna le public parisien et fit l'appel des *publics de nos régions*. On vit des images de foules en liesse à Lille, Bordeaux, Marseille, Toulouse. Quand notre tour arriva, une immense clameur monta de nous, à laquelle je ne sus participer. Aucun cri ne voulait sortir de moi.

Pas question d'être tristes ce soir ! ordonna l'animateur en serrant très fort son micro.

Certes, *Jean-Jacques* avait rejoint *ses vieux copains, Coluche et Maxime Le Forestier*, mais ce soir, il fallait juste *que la musique soit bonne.*

Les spots clignotèrent, et on vit les mains s'agiter sur les guitares électriques, les baguettes claquer sur la batterie, le premier succès fut entonné par une starlette. Je crois bien que c'était celle qui avait gagné *The Voice* l'an dernier, Laetitia avait imprimé sa photo et l'avait affichée dans sa chambre. Je n'avais pas réussi à retenir son nom.

Un des moments qui m'émut le plus, après le *medley* d'une chorale de gospel, fut une reprise de *Je te donne*, par le duo Francis Cabrel-Alain Souchon. Voir Souchon chanter dans son fauteuil roulant, et Cabrel, juché sur un tabouret, lui jeter, quand celui-là changeait malgré lui les paroles, un tendre sourire sous sa moustache blanche, fut *un grand moment d'émotion*.

C'était *visiblement* la fin d'une époque, une génération s'en allait, *une page de notre histoire se tournait*. Mais qu'allait-il nous arriver maintenant, si comme le vieux Souchon nous nous mettions à oublier nos paroles. Si nos chants s'étiolaient. Si la musique disparaissait de nous. Je fus parcouru de frissons.

Tout me parut sacrilège : les applaudissements et les cris de la foule, les téléphones levés dans la nuit comme autant de flammes sèches et carrées, et toutes ces chansons auxquelles j'avais cru – tout ce qui m'avait mené jusque-là, tout ce que le monde était devenu. *Arrêtez* – pensai-je.

Arrêtez ! dis-je.

Les gens qui m'entouraient se retournèrent, la foule était trop compacte pour qu'ils pussent s'écarter de moi.

Arrêtez ! Arrêtez tout ! continuai-je, criant enfin.

Chut ! chuintait-on autour, tout en regardant Pomme s'installer au piano pour une reprise de *Fermer les yeux*.

Quelqu'un, délicatement, me prit le bras, avec des mots d'apaisement, mais je ne me laissai pas faire, je remuai, je lui donnai un coup de poing dans le ventre, et, dans le fredonnement général, je continuai à crier *Arrêtez-moi ça ! Arrêtez ! Arrêtez !*.

Comme je devenais dangereux, comme à ma parole s'ajoutaient des coups pour moi-même et pour tous ceux qui passaient à ma portée, une secouriste arriva. Elle ne put rien faire, elle appela du renfort, alors trois policiers fendirent la foule jusqu'à moi.

Je me suis bien battu.

Arrêtez ! Arrêtez ! Arrêtez ! criai-je jusqu'au bout.

Ils avaient vu que je n'étais pas armé, ils m'avaient saisi bras et jambes. Chaque fois que j'ouvrais la bouche, j'avais l'impression de mordre la nuit. Remuant comme un asticot, mon crâne cogna violemment le pavé.

Comme si on m'avait catapulté dans le vide au-delà des univers, autour de moi n'y eut plus que le noir.

I HEARD A VOICE FROM HEAVEN

Un vieux tube de pommade.

Je l'avais vu jadis dans notre petite pharmacie domestique.

Il devait être périmé depuis longtemps. Je le revoyais pressé, écrasé et aux trois quarts roulé pour en faire sortir le contenu – bien qu'il fût quasi vide. Je me souvenais d'avoir passé cette pommade sur les bleus de Laetitia ou Félix quand, petits, ils se cognaient ou faisaient une mauvaise chute.

Je ne réclamais pas cette pommade, je ne me sentais pas souffrir, bien que moulu. *Je me faisais penser moi-même à ce tube.* On ne pourrait plus tirer grand-chose de moi, on aurait dû se résoudre à me jeter. On m'avait gardé quand même.

*

Combien d'heures s'écoulèrent-elles, combien de temps étais-je resté inconscient. Il faisait jour lorsque j'ouvris les yeux, peut-être s'était-il passé plus de vingt-quatre heures, comment savoir. J'eus l'impression de sortir d'un long coma. Je ne compris pas tout de suite où j'étais, je ne pouvais pas tourner la tête pour voir ce qui m'entourait. Je ne voyais que le plafond, ce n'était pas le plafond de plâtre de notre salon, ce n'étaient pas les lambris de ma chambre d'enfant, c'était un faux plafond fait de carrés de polystyrène barrés de deux néons, un plafond banal et inconnu.

J'entendais des pas, des conversations, ça ne se passait pas loin de moi, mais j'en étais séparé. Puis quelqu'un entra. *Bah ça y est vous voilà*, fit la voix d'une femme.

Son visage se pencha au-dessus du mien et me sourit.

Comment vous sentez-vous, monsieur Baron ?

Je voulus répondre, mais ma bouche était douloureuse, comme si mes mâchoires ne pouvaient plus se desserrer.

Vous allez rester encore avec nous, ça va bien se passer –

Je ne savais pas ce qui allait se passer, mais j'admettais lentement que j'étais cassé, que j'étais partout cassé. Tout me revint alors, je réentendis mes cris ridicules, je revis les coups de la foule, je compris où j'étais.

J'étais incapable de m'auto-diagnostiquer. J'avais mal, j'avais mal partout, mais de façon lointaine, comme si on avait installé un matelas de coton entre ma douleur et moi. *Il ne fallait pas que je m'inquiète, on allait bien s'occuper de moi* – l'infirmière inspectait quelques plaies. Elle partit chercher quelque chose et revint me soigner. Je sentis qu'elle changeait des pansements sur mes jambes, mes bras. Elle me lava lentement le visage. Elle disait *Voilà, voilà*, en commençant et en finissant chaque geste.

Elle faisait très bien son métier, elle était très douce.

*

Dans les premières heures de mon réveil, à mon immobilité répondit une fébrile agilité d'esprit. J'imaginais toute ma vie là, *en réparation*. L'infirmière s'occuperait de moi, elle me soignerait, elle me laverait, elle me nourrirait – jusqu'à l'inéluctable conclusion. Mais pour que je reste indéfiniment auprès d'elle, la même soignante rouvrirait mes plaies chaque soir, pour que tout recommence. Alors que résonneraient mes propres hurlements de douleur, mes hurlements fantômes, je m'endormirais.

Quand tu te réveilleras, elle te soignera encore, elle te soignera toujours, toujours – disait ma profonde berceuse.

Dans un éclair de lucidité, je compris que la morphine n'était pas pour rien dans cette pulsion régressive et ces délires masochistes. Puis, après qu'on m'eut fait avaler une soupe et des pilules, un épais brouillard cotonna mon esprit.

J'entendis plusieurs fois gronder le ciel. La fenêtre filtrait un jour grisâtre. Dans la blancheur de ma chambre s'approchaient parfois des ombres, qui venaient vers moi avec des gestes de danseuses. Je ne sentais rien, je regardais ça depuis le dessus, grave, muet, dévot, comme à l'embaumement d'un pharaon.

*

La nuit, j'avais des soubresauts, de brusques suées. Dans le couloir, des sonneries soudaines me rappelaient où j'étais, où j'en étais. Le néon qui filtrait sous ma porte m'indiquait une terre inaccessible.

Dans de brefs réveils, perdu, je mugissais de peur. Il y eut une nuit terrible, plus noire qu'aucune autre. Si une infirmière vint me trouver cette nuit-là, ce fut dans un moment de sommeil profond – il aurait fallu qu'elle me secouât, qu'elle me réveillât, qu'elle me tirât de cette horrible fosse.

À l'aube, je rouvrais de plus en plus longuement les yeux. Aucune paix ne venait, mais l'hébétement. Je craignais de me rendormir et d'être emporté par la vague suivante. Dès que clignotaient quelques flashs grand-guignolesques, j'avais envie de m'arracher la tête pour la poser à côté de moi.

Un matin vint une vision plus tranquille.

Soigné, je me relève, je reprends la route. Je refais ma semaine à l'envers. Jean-Jacques Goldman ressuscite, je retourne en Bretagne, mes vacances recommencent, mais je ne me rends pas chez mes beaux-parents. Je me vois seul, calme et tranquille, à la pointe du Raz.

Debout sur le granit, je regarde l'océan. Dans une lente et délicieuse fin du jour, le soleil tombe. Chaque rayon mord de blanc et d'or l'immense et mouvante plaque qui, faussement calme, n'en paraît que plus noire. C'est très beau.

Je ne me jette pas de la falaise, je n'en ai aucune envie. Je ne fais rien.

Je guette la montée des eaux.

Je ne préviens personne quand ça commence. C'est très lent, c'est presque imperceptible, et je n'ai plus qu'à attendre encore un peu, sans rien faire, parce que je suis persuadé, à tort ou à raison, qu'il n'y a rien à faire. Dans l'invasion océane, j'attends le surgissement d'un poulpe gigantesque.

Ils vinrent me voir dans une fin de journée. On avait dû baisser un peu mes doses, je me sentais presque lucide. Je n'étais plus qu'une bête abandonnée, avide de leurs caresses.

Une infirmière était passée quelques minutes avant pour me prévenir, et j'éprouvai pour la première fois depuis longtemps une sensation de chaleur, à l'idée que Blanche et mes enfants fussent là, tout près. Ça ne pouvait être personne d'autre – j'espérais que Blanche n'avait pas prévenu mes parents, qu'elle m'avait trouvé un alibi.

Ils n'osèrent pas s'approcher d'abord. J'entendais leurs voix seulement.

Bonsoir, papa – Bonsoir, papa – Bonsoir, bonsoir.

Des larmes stupides coulaient le long de mes joues.

Félix et Laetitia se placèrent de part et d'autre du lit et penchèrent leurs visages au-dessus du mien. Ils me souriaient, et, bien que la formule soit idiote, je me sentais revivre à les revoir, comme si deux anges s'étaient penchés sur mon tombeau.

Je voyais mal leurs yeux, leurs yeux me semblaient petits, étroits, presque fermés, presque sans vie. Leurs fronts étaient mouillés, il devait pleuvoir dehors, mais ils ne portaient pas l'odeur de la pluie. Ils portaient l'odeur de l'appartement, de chez nous, j'avais reconnu notre lessive.

Je voyais leurs lèvres, je me concentrais sur leurs lèvres. Le rouge puissant des lèvres fardées de Laetitia s'ouvrait sur une dentition blanche et droite – merveille de rectitude et de symétrie, fruit de quatre années et mille cinq cents euros d'investissements orthodontiques. Les lèvres de Félix restaient scellées, son fin sourire barrait le bas de son visage comme une longue cicatrice.

Ils ne me parlèrent pas beaucoup, ils ne laissèrent tomber que quelques paroles toutes faites au-dessus de moi. J'en sentis à peine le poids me couvrir, ce fut moins qu'un poids de sable, moins qu'un poids de cendres.

Tous deux faisaient comme si tout était normal, ils faisaient comme d'habitude. Leur vie continuait, leur vie n'allait quand même pas s'arrêter pour moi. Ils ne cherchèrent pas à m'embrasser, ils ne témoignèrent d'aucune compassion excessive. Leur pitié m'aurait bien encombré, leurs baisers m'auraient fait mal.

Ils m'apprirent qu'un médecin prévoyait que dans trois jours je pourrais rentrer à la maison.

T'es content, papa ? Tu dois être content, non ?

Je remuai mes doigts lents au niveau de ma hanche, cherchant à retrouver un souvenir dans ma poche, pour le montrer. Sous mon drap et ma chemise d'hôpital, j'étais nu. Ils les avaient peut-être jetés, mes habits déchirés, couverts de sang.

Blanche alors s'avança, pas assez pour pouvoir me regarder droit dans les yeux. Elle me regardait de biais, comme si elle n'osait pas tout à fait que luisent ses pupilles dans les miennes. Je n'écoutai pas bien ce qu'elle me racontait. Il n'y avait pas d'excuses, pas de reproches. Je compris que nous resterions ensemble très longtemps, toute la vie peut-être, comme ça.

J'aurais voulu lui dire qu'à présent il faudrait tout me raconter – que ça ne me ferait pas peur, que ça ne gâcherait rien. Les sédatifs et ma bouche blessée m'empêchaient d'articuler.

Elle déclara qu'ils n'allaient pas rester longtemps. Ils avaient, comme toujours, *beaucoup à faire.*

Nous sommes une famille, nous sommes une famille – répétait une voix béate en moi.

Alors, elle sortit son téléphone, les enfants se collèrent avec elle contre l'écran. Elle parlait à quelqu'un qui était avec Martin, ils rirent – je ne sais pourquoi. J'entendais le cabot japper. Quelqu'un disait *Assis*, et Martin certainement s'asseyait, les enfants étaient impressionnés.

Bravo, Martin, disait Blanche. À l'homme, elle demanda de montrer son écran au chien, pour qu'il la vît. *Bravo, Martin*, lui redit-elle.

Elle tendit alors l'écran devant mes yeux, mais trop près, si bien que j'y vis flou. Je ne pus distinguer rien d'autre qu'une large tache brune, remuante. Un gros pansement cerclait le pouce de Blanche.

Et comme dans un vieux gag, sans qu'on discernât si elle me parlait du chien ou si elle lui parlait de moi, son visage tourné vers le mien, très enjouée, elle dit *Regarde comme il est gentil.*

Retrouvez toutes nos publications sur
www.leseditionsnoirsurblanc.fr

COMPOSITION ET MISE EN PAGES
NORD COMPO À VILLENEUVE-D'ASCQ

CET OUVRAGE A ÉTÉ ACHEVÉ D'IMPRIMER
PAR L'IMPRIMERIE FLOCH À MAYENNE
EN DÉCEMBRE 2022

N° d'impression : 101503
Dépôt légal : janvier 2023
Imprimé en France